새들아, 집 지어 줄게 놀러오렴

새들아, 집 지어 줄게 놀러오렴

이대우 지음

 오두막

새들아, 집 지어 줄게 놀러오렴

초판 1쇄 찍음 | 2006년 5월 15일
초판 1쇄 펴냄 | 2006년 5월 20일

지은이 | 이대우
펴낸이 | 최정환

펴낸곳 | 도솔오두막
등록 1989년 1월 17일(제1-867호)
도솔오두막은 「도솔」과 「오두막」이 함께 자연과 더불어 사는 책을 펴냅니다.

만든 곳 | 오두막
기획 | 나무선
교정 | 임정연
표지 · 편집디자인 | 나인플러스
마케팅 | 양승우, 정복순, 이태훈
업무관리 | 최희은

주소 | 강원도 원주시 흥업면 매지리 234 연세대학교 YWBI 102
전화 | 033-762-7148
팩스 | 033-762-7148
홈페이지 | www.dosolodumak.com
E-mail | editor@dosolodumak.com
ⓒ 2006. 이대우

평생을 함께하며 솔직한 조언과 헌신적인 뒷바라지를 해준 나의 처 서경옥
그리고 우리 집을 늘 찾아와 시골 생활을 즐겁게 해주는
박새, 곤줄박이, 딱다구리 등 산새들에게 이 책을 바친다.

illustration : 이수지

✲ 책을 펴내며

드디어 세상에 얼굴을 내민 첫 번째 책

2004년 여름 한국에서는 처음으로 내 새집 작품 전시회를 오대산에 있는 한국 자생식물원에서 열었다. 그 해 늦가을 나는 전시회에 출품했던 120점의 새집 중에서 50여 점을 골라 사진을 붙이고 소제목을 달아 새집과 우리 집을 늘 찾아오는 새들을 주제로 한 에세이 그리고 우리 부부의 시골 생활 이야기를 쓰기 시작했다.

평생을 책을 사서 읽은 나였지만, 이제는 새집 짓는 목수로서 내가 만든 새집과 시골 생활에 관한 책을 꼭 출판하고 싶었다. 몇 년 전에 처와 함께 캐나다 여행에 나서 한 달 동안 조그만 캠핑카를 타고 록키 국립공원과 서부 오지 지역을 여행한 적이 있었는데, 이 여행 중에 보고 느낀 것을 장문의 여행기로 써놓았다. 영국에서 북 아트(Book Art)를 공부한 딸 수지(www.suzyleebooks.com)가 이 여행기를 편집하고 장정을 해서 컬러판으로 원본 한 권과 흑백 사본 세 부를 만들어 주어 소중하게 보관하고 있지만, 아직 출판은 꿈도 꾸지 못하고 있다. 그러니까 이 책이 내가 처음으로 쓴 책은 아니나, 세상에 얼굴을 내민 첫 번째 책인 셈이다.

비록 분량은 많지 않지만 새집을 주제로 한 우리 부부의 시골 생활 에세이 집을 끝내는 데 서너 달이 걸렸고, 육필로 쓴 원고와 사진을 내가 편집해서 세 권의 복사본을 만들었는데 바로 이것이 이 책의 시발점이 되었다. 이 원고를 꼭 책으로 내겠다는 확실한 계획은 없었는데 동생을 통해서 도솔오두막의 나무선 님이 복사본을 본 후 책을 출판하기로 계획을 세우게 되었다.

　　나는 책 읽기를 즐거운 노동 행위라고 늘 주장해 왔다. 생각하고 말하고 쓰는 행위 중에서 글을 쓰는 것만큼 힘든 일은 없다는 생각이 든다. 글을 쓰는 것은 정말 땀 흘리는 중노동 행위임을 절감했다.

　　글을 쓰는 내내 서가에 꽂혀 있는 책들이 엄격한 눈으로 나를 주시하고 있다는 중압감을 떨치지 못했다. 그 전에는 한 번도 느껴 보지 못한 색다른 경험이었다. 읽는 이들이 책을 쉽게 읽을 수 있도록 써야 한다는 생각에서 거의 1년이 넘는 시간 동안 몇 번이나 쓰고 지우기를 되풀이했는지 기억이 가물가물하다. 아마도 원고의 80퍼센트 이상을 세 번 이상 다시 쓰지 않았나 싶다.

　　나는 주위의 아는 이들에게 더 나이 먹기 전에 시골에 내려가 살아 보라고 권하고 다닌다. 먹고 사는 데 필요한 채소와 곡식을 감당할 수 있는 범위 내에서 자기 손으로 거두고, 화폐(돈)의 사용을 가급적 자제하며, 집을 손수 지을 수 없으면 창고나 작업실을 목수의 도움을 받아서라도 같이 지어 보라고 권한다. 집 안에 필요한 책꽂이, 선반, 간단한 의자, 탁자 같은 것도 만들어 보라고 권한다. 자그마한 마당에는 야생화 화단을 만들어 가꾸고, 나무를 부지런히 심는 이런 시골 생활을 몇 년간이라도 해보라고 권유하지만, 아직까지 한 번도 성공한 적이 없다.

　　겨울이 닥치면 눈이 덮이지 않은 시골의 풍경은 황량하고 을씨년스럽기 그지없다. 사람들이 생각하는 시골 생활의 낭만과는 거리가 먼 이 살벌한 풍경은 반 년 가까이 계속되지만, 이 시기를 잘 활용하면 얼마든지 생산적인 삶을 누릴 수 있다. 또 늘 우리 집을 찾아오는 박새, 곤줄박이, 동고비, 딱다구리 등 산새들의 생동감 있는 아름다움을 만끽하며 관찰하는

때가 바로 이 삭막한 시기이기도 하다.

이 책이 나오기까지 참으로 많은 이들의 도움을 받았다. 도솔오두막의 나무선 님이 아니었다면 이 책은 세상의 빛을 보지 못했을 테니 제일 먼저 감사의 말씀을 드린다.

백여 점이 넘는 새집을 아름답게 사진으로 옮겨 담은 박명도 학형, 새집 전시회를 물심양면으로 도와주신 한국 자생 식물원의 김창렬 원장님과 직원들의 신세도 잊지 않고 있다.

새집 전시회 소책자를 독특한 시각으로 만들어 주고 잔소리를 꽤 많이 해준 딸 수지, 내 육필 원고를 정리해서 워드를 쳐준 조카 희령, 산새 그림을 그려 주고 홍정계곡의 풍광과 집 사진을 찍어 준 처 서경옥, 새집 전시회 때 큐레이터 노릇을 톡톡히 해준 처제 미옥, 목공 일에 대한 정보는 물론 목공 기계와 도구, 귀한 나무판재를 계속 대준 동생 이대철, 우리의 시골 생활에 많은 도움을 주신 이호순 원장님 부부께도 감사의 말씀을 올린다. 이 책을 디자인해 주신 분들께도 감사의 말씀을 드린다.

차 례

프롤로그

우리의 시골 생활은
실수에서 비롯되었다

국도 6번 도로는 서울 동쪽 한 귀퉁이인 광장동의 워커힐 호텔 인근에서 시작하여 덕소를 거쳐 수려한 북한강을 끼고 동쪽으로 줄곧 뻗어 있다. 팔당댐을 지나면 양수리의 넓은 수면이 눈앞에 펼쳐진다. 사시사철 눈을 즐겁게 해주는 풍광을 말없이 보여주고 용문을 지나 용두머리에서 조금 더 가다가 슬그머니 오른쪽으로 틀며 횡성 길에 접어든다.

우리는 이 길을 따라 수십 번을 오르락내리락하며 산수 좋은 강원도 땅을 돌아다녔다. 용두머리에서 커피 한잔 마시고 달리면 바로 강원도 땅에 들어서고 여기서 6번 도로는 전형적인 2차선 국도로 변하며 마음이 푸근해지는 산골 마을 풍경을 보여준다.

횡성을 거쳐 둔내에 이르고 나면 한시도 쉬지 않고 이리 구불 저리 구불 사행선처럼 S자를 그리며 고도를 높여 간다. 험준한 태기산을 넘으면 평창군에 들어

서고 이효석의 『메밀꽃 필 무렵』으로 유명한 봉평면에 이르게 된다. 태기산을 내려가서 10여 리쯤 되는 곳에 다리 하나가 나타나고 왼쪽으로 틀면 조그마한 계곡 입구가 보인다. 여기가 바로 평창군 봉평면 흥정리, 30여 리가 넘는 흥정계곡이 시작되는 곳이자 우리의 살림 터전이 있는 곳이다.

어느 날 처와 나는 강원도 여행길에 올랐다. 그때가 환란이 일어나기 전 해였는지 외환 위기의 해였는지 기억은 가물가물하나 늘 하던 대로 지도책 하나 챙겨 들고 바로 설악산 쪽으로 여정을 잡았다. 용대리에서 바로 미시령을 넘기로 했다. 한계령보다는 덜 세련된 미시령 길은 우리에게 늘 부드러운 마음을 갖게 하고 푸근함을 안겨 주었다. 항상 정다우면서도 날씨에 따라 근엄한 인상을 풍기기도 하는 울산 바위 역시 해마다 그 자리에서 꿋꿋하게 버티며 우리를 반겨 주었다.

우리는 속초에서 잠시 바닷바람을 쐰 후 바닷길을 따라 내려오다가 다시 6

번 도로를 타고 봉평 어딘가에서 하루를 묵기로 했다. 모처럼 나선 주중 여행, 어디나 한가하고 어디나 조용했다. 계절은 늦은 봄에서 여름으로 들어서기 직전, 하늘과 바람과 초목과 산이 그렇게 싱그러울 수가 없었다.

홍정리 홍정계곡 입구로 들어섰다. 승용차 한 대 겨우 지나갈 정도로 좁은 시멘트 도로다. 계곡을 가운데 두고 양쪽으로 우뚝우뚝 서 있는 산이 꽤나 높았다. 크고 작은 바위들을 휘돌며 맑고 깨끗한 물이 흘러내리고 수량도 무척 많았다. 바위 사이에는 희귀한 물 철쭉이 군락을 이루고 있고 꽃봉오리는 금방 터질 듯했다. 물 버들이 보기 좋게 모여 앉아 흔들거리고 있고 이름 모를 산새들이 지저귀며 바삐 날아다녔다. 하늘은 맑고 공기는 깨끗하고 찼다.

나무가 빽빽이 들어찬 산 사이의 계곡, 깊은 소와 물 철쭉, 버들가지, 물 속의 바위, 조그만 자갈까지 훤히 들여다보이는 가운데 계곡물은 거침없이 흰 물보라를 일으키며 흘러내렸다. 이 청정한 계곡은 끝이 없는 것 같았다. 가파른 산기슭으로 올라가다 보면 집이 어쩌다 한두 채 보이지만 사람은 보이지 않았다. 이 무릉도원 같은 30리가 넘는 계곡을 올라가는 길에 도무지 사람 구경을 할 수 없다니! 우리는 이때 사실 뻥 돌았다.

우리는 이 홍정계곡의 풍광에 완전히 푹 빠져 버렸다. 오지가 따로 없었다. 차를 천천히 몰면서 경치에 취해 가다 서다 하며 올라가니 자그마한 안내판이 하나 보였다. 수중교를 건너면 바로 농원이었다. 자연이 거의 있는 그대로 보존되고 있었다. 석양이 지는 그 홍정리 계곡길에서 우리는 어두워질 때까지 흐르는 물, 그속에서 자유롭게 뛰노는 물고기, 그리고 물 철쭉, 쭉쭉 뻗어 올라간 소나무, 울창한 수림을 그냥 말없이 보고 또 보았다.

홍정계곡의 풍광에 흘딱 빠진 우리 부부는 그 후 몇 달 동안 짬이 나는 대로 홍정계곡과 농원을 자주 찾아갔다. 내 눈에도 갈 때마다 새로운 느낌이었는데 처는 나보다 더 열광적으로 홍정계곡의 풍광에 젖어든 것 같았다.

8년이 지난 지금도 아침저녁으로 한가할 때의 홍정계곡 농원 안의 우리 둥지가 좋은 것은 여전하다. 그리고 아직도 홍정계곡 사랑 타령은 조금도 변함이 없다. 그런데 뭐가 우리의 큰 실수였을까.

여행을 떠나거나 캠핑을 갈 때면 나는 국내건 외국이건 지나치게 철저하다 싶을 정도로 준비를 하는 못된 버릇이 있다. 등산 지도를 구해서 코스를 면밀히 조사하고 날씨를 따지고 등산 장비와 비상식량을 준비하고 자료를 복사해서 열심히 읽어 둔다. 여행을 떠나도 마찬가지다. 지도, 장비 점검, 식량, 렌터카, 숙박지, 캠핑할 곳의 자료를 준비하고 여행 안내서를 면밀하게 읽고 정확한 여행 일정을 짠다. 말하자면 도상 훈련을 철저하게 하고 난 후 어느 날 바람처럼 훌쩍 떠나는 것이다. 어디에 무엇이 있고 어떤 식으로 가야 하며 볼 만한 것이 무엇인지 사전에 다 알고 떠나는 셈이다.

그렇다면 여행이나 등산에서 오는 즐거움, 말하자면 의외성이나 돌파성이 떨어지니 무슨 재미가 있겠느냐고 할 수도 있다. 전혀 그렇지 않다. 철저한 계획이 있어야 항상 유연한 자세로 코스를 바꾸고 일정을 변경할 수 있다. 그런 철저한 계획 덕분에 우리 부부는 기분 내키는 대로 코스와 일정을 바꿔 가며 즐거운 등산과 여행을 한다고 나는 감히 주장한다.

홍정계곡에 주저앉기 두 해 전부터 나와 처는 시골, 그것도 한적한 시골에 나가 사는 문제를 두고 여러 가지 이야기를 나누기 시작했다. 나는 귀농 관련 서적과 잡지를 구해서 읽기도 하고 오지 속에서 자연에 미쳐 살아가는 사람들의 얘기도 많이 읽었다. 나름대로 고민도 많았고 어떤 식으로 도시를 떠나 시골 생활을 해야 할지 두 가지의 갈림길에서 헤매고 있었지만, 몇 달 내에 이삿짐을 싸들고 시골로 낙향한다는 생각은 전혀 하지 않았다.

사실 몇 달 전 흥정계곡을 처음 돌아본 후 바로 그날 우리 부부는 수중교 건너에 있는 농원을 찾아갔다. 높은 산, 울창한 수목, 맑고 깨끗한 계곡에 홀딱 빠진 후 농원 안에서 하룻밤 민박을 하기 위해서였다. 자그마한 건물이 두 채 있었다. 우리는 농원 종업원에게 방이 있느냐고 물었지만 "방 없어요!"라는 퉁명스러운 대답과 함께 농원에서 쫓겨나다시피 했다. 다시 봉평으로 나와 숙소를 정했다. 처가 딸에게 전화하다가 농원에서 쫓겨난 얘기를 했더니 엄마도 아는 자기 친구 부모님이 하시는 곳인지 몰랐냐면서 내일 아침 다시 찾아가 자기 얘기를 하고 인사를 하고 오라는 것이었다. 처도 그제야 딸애 친구가 생각이 나는 모양이었다. 결국 나중에 다시 찾아간 우리는 그 농원에서 허브차와 음식을 먹으며 첫 인연을 맺었다.

몇 번째로 농원을 찾아간 어느 날 농원 주인 부부가 갑자기 마음 맞는 몇 가구가 농원 안에 집을 짓고 같이 사는 게 어떠냐는 제의를 했다. 갑작스러운 제안이

라 그 자리에서 확실한 대답을 할 수가 없었다. 그저 알았다고, 그러면 좋겠다고 말하기는 했지만, 그때까지도 홍정계곡, 그것도 농원 안에 땅을 사서 우리의 터전을 마련한다는 생각은 하지 않았다. 또 농원 부부가 구체적인 계획을 세우고 하는 말같이 들리지도 않았다.

그러나 일은 일사천리로 진행되었다. 꼭 급류에 정신없이 떠내려가는 기분이었다. 마음의 준비는 물론이거니와 가장 중요한 것은 농원 안에서 어떻게 살아갈 것인지, 적어도 10년은 내다볼 수 있는 계획이 서 있지 않았다. 또한 땅 매입부터 집 짓기 비용까지 충분한 자금 준비도 하지 못한 상태였다. 당시 우리 부부는 딸과 함께 한강이 바로 눈앞에 보이는 조망 좋은 큰 평수의 아파트에서 10년이 넘게 살고 있었다. 그런데 딸도 이제 다 컸고 큰 아파트는 우리에게 너무 넓다는 생각이 들었다. 이 아파트를 팔고 작은 평수로 바꿔 그 차액 중 일부를 시골 이주 자금으로 쓰기로 했다.

문제는 일이 너무 빨리 진행된다는 점이었다. 보통 귀농이나 시골로 내려갈 때는 결정권이 부인들한테 있고, 부인이 동의하지 않는 한 시골 정주는 그때나 지금이나 불가능한 것은 요지부동한 사실인데, 우리의 경우는 처가 시골 정주에 대해서 나보다 더 적극적이었고 무조건 홍정계곡에 집 짓고 살자는 주장을 펼치는 것이었다. 30년 가까이 살아왔지만 평소에는 자기 주장을 별로 내세우지 않던 처의 이런 모습은 나를 놀라게 만들었다. 어차피 시골에 내려가 살기로 한 마당에 나도 바로 결심을 굳혔다. 그래서 홍정계곡 농원 한 귀퉁이에 우리는 보금자리를 틀었다. 그 후 문제는 계속 생겨났지만 그러면서도 우리는 홍정계곡을 좋아했고, 농원 안 둥지를 자랑스럽게 생각하며 살아왔다.

한적한 곳에서 살자고 시골로 내려왔는데, 몇 년이 지난 어느 날 문득 생각해 보니 우리는 번잡스러운 서울 명동 한복판에 살고 있는 꼴이었다. 이것이 우리의 첫 번째 대실수다. 농원 안에서 마음에 맞는 몇 가구가 집을 짓고 각자의 취향에 따라 공방과 자그마한 박물관이나 전시실을 운영하며 넓은 농원 전체를 자기 집 마당처럼 쓸 수 있다는 헛된 꿈이 앞선 판단 착오로 나온 결과다. 살아온 결과, 경험에서 나오는 결론이지만 충분한 입지 조사와 어떻게 살아가야 할지에 대해서 뚜렷한 목표를 세우고 어느 정도 미래를 예측할 수 있는 냉철한 판단이 필요하다. 자기 앞날을 조금이라도 미리 알 수 있는 능력이 인간에게 있다면, 역사도 달라지고 운명도 변하고 아마도 복음을 강조하는 종교도 필요 없는 게 아닐까 생각해 본다.

두 번째는 경제적인 면, 투자라는 측면에서 보더라도 큰 실수다. 풍광이 좋은 자리 값이라 해도 집 하나 짓고 살 만한 조그만 땅 구입에 상당한 금액을 지불했다. 홍정계곡 안의 다른 땅을 구입했다면 넓은 면적에 사생활이 확보되는 곳에서 살 수 있었을 테고, 땅값도 상당히 가치가 있었을 것이다.

마지막으로 남보다 일찍 홍정계곡에 들어와 살면서도 계곡 안에 널려 있는 땅에 대한 정보를 조금도 활용하지 못한 점도 큰 실수이다. 이 점은 지금까지 살아

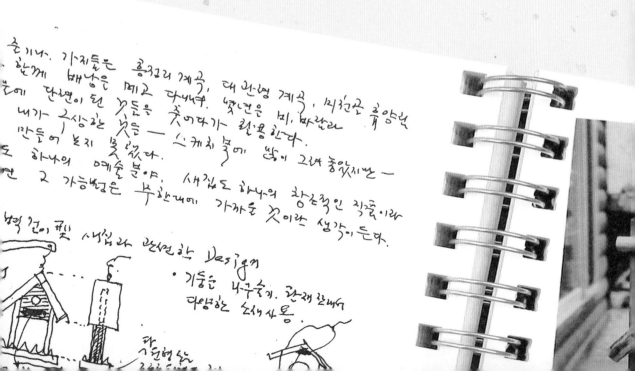

온 내 생활 철학, 말하자면 욕심을 내지 않고 조그만 집 짓고 자연을 즐기면서 하고 싶은 일 하며 살고, 시골 생활에서는 투자와 땅, 대량 매입을 고려하지 않은 생각에서 나온 것이지만 작업실, 텃밭 등 최소한의 공간 확보에 생각이 못 미쳤다는 점은 인정한다.

홍정계곡에 자리잡고 나니 계곡 안에 있는 밭과 임야에 대한 정보는 가만히 있어도 절로 내 귀에 들어왔다. 더군다나 아침저녁으로 계곡 산책을 나설 때마다 보이는 것이 전부 땅이니 땅값에는 훤할 수밖에 없었다. 하지만 우리는 조금도 살 마음이 없고 농원 안의 자그마한 둥지에 만족했으니 멍청이 중의 왕짜 멍청이였다.

판단 착오, 졸속, 무계획, 부족한 자금과 농원을 자기 집 마당처럼 쓸 수 있다는 막연한 환상 속에서 새집 짓는 목수, 그리고 우리 부부의 자연 속의 둥지가 시작되었다. 삶이란 환갑을 넘긴 이 나이에도 얼마나 재미있는가?

새 집이 아니라
새집이라니까요

시골 생활에서
꼭 하고 싶었던 일

우리 부부는 시골에 내려가 살면 게으름을 부리면서도 시간에 쫓기지 않으면서 꼭 해보고 싶은 일이 있었다.

나의 경우는 목공 일이다. 새집 짓는 일을 포함해서 도시의 아파트 생활에서는 할 수 없는 일을 몰두해서 하고 싶었고, 커다란 개를 끌고 마음대로 시골 주변을 돌아다녀 보고 싶었다. 처는 전축 소리를 맘껏 올려놓은 채 음악을 듣고 싶었고, 또 조용히 자수를 놓거나 책을 읽고 싶다고 했다. 가끔은 친구들을 시골집으로 불러서 커다란 나무가 그늘을 드리우는 데크 위에서 차 한잔 마시며 한가하게 얘기를 나누고 싶다고 했다.

시골 생활을 오랫동안 해온 지금에 와서 보면 별 것도 아니고 당연하게 즐기는 일 중의 하나지만, 처음 시골에 내려올 때만 해도 이런 일이 과연 가능할까 하는 의문이 들었다. 그건 하나의 꿈이었고 살면서 열심히 추구해야 할 일이었다.

처는 인형을 아주 좋아해서 해외여행을 다닐 때면 인형을 한두 개씩 사서 꽤 많이 모았다. 나는 시골 생활을 하면서 새집을 즐겁게 만들며 새를 사랑하는 것이 내 일과가 되었다.

그래서 나는 시골에 내려가면 우리가 살 집을 내 손으로 짓겠다는 생각을 해보기도 했지만 계획이 하도 빨리 진행되는 바람에 엄두를 내지 못했다. 집의 유지, 보수는 물론 선반, 책장, 탁자, 의자, 벤치 등 필요한 모든 물건을 내 손으로 직접 만들기로 마음 먹고 있었다. 취미로서가 아니라 내가 몰두할 수 있는 중요한 일거리로서, 또 시골 생활의 한 부분으로서 그렇게 하는 것이 당연하다는 생각에서였다.

　　장난감이라고는 구경도 못하고 가져 볼 엄두도 못 내던 까마득한 6.25 피난살이 어린 시절에 좁은 마당 한 켠에서 진흙을 주물러 가며 자동차와 비행기, 배를 만들어 갖고 놀던 때가 기억난다. 그때부터 수수깡이며 두꺼운 마분지 조각으로 무엇이든 만들고 그림을 즐겨 그렸으니까 약간의 손재주와 예술적인 창의력은 있었던 모양이다.

　　어른이 되어서도 나는 딸을 위해 해외 출장을 다닐 때마다 옷가지는 하나도 사지 않고 장난감을 한 트렁크 가득 채워 들고 김포공항에 내리고는 했다. 그럼 세관원이 나에게 장난감 가게를 하느냐고 묻기도 했지만 그때나 지금이나 나는 장난감을 무척 좋아했던 것 같다.

　　사회 생활을 본격적으로 시작하면서 무엇을 만든다는 것과는 인연이 뚝 끊어졌다. 아마도 가슴 한구석 깊은 곳으로 가라앉아 버렸다고 해야 할 것이다.

　　사실 목공 일은 시골에 내려가기 전부터 좋아했지만 어디서 누구한테 배워 시작해야 할지 아주 막연했다. 공업 고등학교에 목공과가 있다는 것은 알고 있었지만 내게는 불가능한 일이었고, 또 DIY Do It Yourself 를 하거나 작은 가게에서 배운다는 것도 내 목공 일과는 거리가 먼 얘기였다. 그러니 문짝이나 창문을 주로 파는 작은 목공소를 다니거나 집 짓는 목수를 따라다니며 어깨너머로 배우기 전에는 목공 일을 기초부터 가르쳐 주는 곳은 없다고 봐야 했다.

서점을 뒤져 봐도 처음 시작하는 사람들을 위한 목공 관련 책은 없었다. 할 수 없이 영어로 된 목공 책을 몇 권 구입해서 읽기 시작했다. 분야별로 자세히 나와 있었으나 초보가 보기에는 수준이 높다는 생각이 들었고, 목공에 필요한 도구와 기계가 너무 많아 꼭 조그만 공장을 차려야 할 것 같았다.

그러던 참에 홍정계곡에 자리잡은 지 얼마 안 되어 동생이 필요할 거라면서 목공 기계와 도구를 하나 둘씩 갖다 주기 시작했다. 그러고는 기계 사용법을 가르쳐 주고 항상 조심해서 사용하라며 몇 번이고 강조했다. 목공 일과 새집 짓기의 꼭지는 동생이 터준 셈이었다.

망가진 베란다의 나지막한 대문도 재활용 판재를 이용해서 만들어 달았다. 내가 쓰는 목공 작업대와 책꽂이도 궁리해서 만들고 부엌에 간단한 선반도 만들어 달았다.

새집 짓는 틈틈이 어렸을 적 누구나 다 써보았던 초등학교 의자를 서너 개씩 만들어 나누어 주기도 하고 집 앞에 놓아둘 긴 벤치도 만들었다. 진짜 만드는 재미가 쏠쏠했다. 누가 시켜서 하는 것도 아니고 돈을 받고 하는 것도 아닌데, 만들고 싶은 의자와 가구에 대한 아이디어가 샘솟듯 흘러나왔다. 커다란 야외용 벤치 두 개를 만들어 아무도 모르게 성당에 갖다 놓은 일은 나오다가 들키기는 했어도 제일 즐거웠다. 오래된 바퀴 달린 트레이 다리도 고쳐 새것처럼 다시 쓰게 만들었다. 그 전 같았으면 내다 버릴 물건을 수선해서 다시 쓰니, 또 고장 나거나 망가진 물건이 하나도 귀찮지 않았으니 쓰던 물건에 대한 새로운 감각을 갖게 된 경우가 아닌가 생각한다.

사람마다 제각기 숨은 재주, 보석과도 같이 광채를 내는 재능은 하나쯤은 갖고 있는 것 같다. 도시에서 바쁘게 일상사에 쫓기고 게다가 아파트라는 제한된 공간에서 수십 년간 젖어 살다 보면 그 보석과도 같이 빛나는 숨은 재능은 영원히

한 평 반짜리 목공 작업실에서 수백 채의 새집이 탄생했다. 비좁은 창고 안에는 온갖 잡동사니가 꽉 들어차 있는데 새집과 수백 권의 책까지 한 자리를 차지하고 있어 가끔은 고물상을 하고 있지 않나 하는 생각이 들 때도 있다.

그대로 묻혀 버리는 듯하다. 나 역시 늦은 나이에 시골에 살면서 숨겨져 있던 재능을 다시 늦게나마 찾았다고 해야 할까.

시골 생활에 익숙해지니 짐도 점점 늘어났다. 기둥만 있는 아래층 넓은 공간을 벽으로 둘러치고 창문과 철제문을 달아 엉성하지만 보일러실을 만들고 남은 공간은 창고로 쓰기로 했다. 처음부터 창고와 보일러실로 쓰려고 했다면 산기슭 쪽으로는 방수를 철저히 하고 벽돌을 쌓아 제대로 된 공간을 마련했을 텐데, 미리 정리를 못한 탓에 바닥도 2, 3층으로 되고 비가 많이 오면 산사면 벽 쪽에서는 물이 줄줄 새는 곳으로 변하곤 했다.

여름 한철에는 습기가 차고 곰팡이도 피지만 아홉 평 정도의 창고 겸 보일러실은 내게는 목공 작업실도 되는 몹시 요긴한 곳이었다. 딸아이의 그림과 서울에서 가져온 온갖 잡동사니, 주워 온 헌 목재 등 한 트럭 분의 물건이 모두 이 창고로 들어갔다.

창고에 집어넣은 짐을 하루 종일 걸려 다시 꺼냈다. 체계적으로 짐을 정리해 넣을 선반 짜기가 시급해졌기 때문이다. 제재소에 가서 필요한 목재를 사오고 모아 놓았던 재활용 판재를 써야 하고 힘이 부칠 때는 처가 도와주기로 했다.

동네 목수들과 얘기를 나누어 보니 천장이 4미터나 되는 높고 넓은 창고 안에 선반을 보기 좋게 짜넣는 게 쉬운 일은 아니었다. 목수를 부르자니 비용도 만만치 않았다. 얼마나 힘들고 어려운지 겪어 보지 않았으니 알 도리도 없었다. 결국 이 일을 나 혼자 끝내는 데 닷새가 걸렸고, 짐을 정리해 넣는 데 이틀, 그렇게 일주일 만에 공사와 창고 정리를 끝냈지만 며칠 심하게 몸살을 앓고 말았다.

목공 일을 시작하며

물자가 풍부한 요즘 같은 시대에도 나무판재는 귀한 물건임에 틀림없다. 동생이 목공 도구와 기계를 갖다 주기 전 뭔가 만들어 보고 싶어서 맨 처음 시도한 것이 새 먹이집이었다. 공사 현장에서 주워 온 판자 자투리 몇 개와 톱 한 자루, 망치로 새 먹이집을 만들었다. 만든 나도 내 작품에 만족했지만 처는 조금 놀란 듯했다. 그림도 그랬고 손재주도 조금 있다고 생각했지만 서너 시간 만에 주워 온 판재 몇 개로 뚝딱 만들어 낼 줄은 몰랐다고 했다. 목공 일과 새집 짓기에 도가 어느 정도 튼 요즘 아직 우리 집 베란다 난간 위에 의젓하게 놓여 있는 이 새집을 보면 웃음이 나온다.

그 이후부터 난 거침없이 목공 일에 전념하기 시작했다. 부엌 조리대 위에 예쁘장한 작은 2층 선반도 만들고 종이 타월을 쉽게 빼서 쓸 수 있는 통도 만들었다. 다용도실 천장에 난 쥐구멍도 철저하게 막고 삼나무 향기가 물씬 나는 붉은 시다red cedar 판재로 나무 화분과 나무 꽃병도 만들었다. 그러다 보니 점점 큰 작품을 만들고 싶다는 욕심이 생기기 시작했다.

　따뜻한 봄부터 늦가을까지는 작업실이 없더라도 노천에서 즐겨 할 수 있는 것이 일반 목공 일과 새집을 짓는 일이다. 경제적인 대가와 아무런 상관없이 맑은 공기 속에서 땀 흘려 일하는 노동에 난 점점 빠져들기 시작했다. 농원 안에서 1년 내내 벌어지는 공사 현장을 기웃거리며 버려지기 직전의 판자 쪼가리를 모아 왔다. 차를 타고 다니다 버려진 쓸 만한 목재가 보이면 무조건 차에 실었다. 말하자면 목재의 용도에 따라 물건을 만드는 것이 아니라 재료에 따라, 그것도 쓰다 버린 재료로 거기에 맞는 물건을 만드는 식이었다.

　우리와 함께 살고 있는 두 마리의 개 '랫시'와 '버피'는 몸집이 무척 컸다. 원래는 코리 종류로 스코틀랜드에서 양을 돌보던 양치기 개인데, 대관령의 양 치는 목장에 가면 많이 볼 수 있다. 시중에서 파는 합성 플라스틱으로 만든 개집은 우리 개들에게는 너무 비좁고 잘 부서져서 든든하고 큰 집을 만들어 주기로 했다. 간단한 도면을 그리고 필요한 자재를 계산해 가급적 재활용 목재를 많이 쓰기로 했다.

　두꺼운 각재로 기둥을 세우고 지붕보도 가로지르고 지붕 밑에 서까래도 양쪽으로 몇 개씩 얹었다. 바닥 네 귀퉁이에는 20센티미터쯤 되는 기둥을 붙여 큰 비가 내려도 개집 안으로 빗물이 튀지 않도록 하고, 사방 벽은 두꺼운 방수 합판으로 처리했다. 개집이 너무 커서 노천에서 작업을 했다. 내 평생 처음으로 짓는 개집이어서 정성을 다했다.

　지붕을 씌우고 나서 보니 높이가 내 가슴 정도에 이르는 정말 무척 큰 개집이었다. 지붕재로 아스팔트 싱글을 지붕에 붙이고 마지막으로 얇게 잘라 낸 판재를 써서 독일 바바리아 지방의 집처럼 전면에 붙여 근사하게 모양을 냈다. 그리고 지붕 색에 맞추어 올리브 그린 색의 오일 스테인을 두 번씩 칠했다. 정말 개집이라고 하기에는 너무 크고 훌륭했다. 농원을 오가던 사람들은 처음에는 아이들이 들어가서 놀 장난감 집으로 생각하는 것 같았다. 나 혼자서는 개집을 들어올릴 수도 없었다.

개집 두 채를 짓는 데 아침부터 저녁까지 매달려 꼬박 엿새가 걸렸다. 내가 살 아주 자그마한 집을 짓는다는 생각으로 원칙에 맞게 정성 들여 지은 집이었다. 무엇보다도 근사한 두 채의 개집을 만들었다는 뿌듯한 마음이 앞서기도 했지만 이젠 나도 어엿한 목수가 되어 뭐든지 만들 수 있다는 자신감이 생겨 더욱 행복했다.

20년 전 우리가 이 홍정계곡에 집을 지을 때만 해도 요새처럼 질 좋고 값싼 자재가 흔하지 않았다. 무엇보다도 산골 동네에서 적절한 자재를 제대로 써서 집을 지을 만한 업자도 찾기가 쉽지 않았고 또 성실하게 자재를 다루며 집을 짓는 목수도 구하기가 어려웠다. 그 당시로서는 꽤 잘 지었다는 우리 집도 마음에 썩 든 것은 아니었지만 살다 보니 조금씩 정이 들기 시작했다. 해마다 여름철이면 쏟아지는 폭우에도 비 한 방울 새지 않고, 영하 30도가 넘는 강추위 속에서도 집 안은 따뜻해서 다행이라는 생각이 들기도 했다.

그렇지만 봄부터 늦가을까지 대부분의 시간을 보내는 데크 공사는 지금까지도 썩 마음에 들지 않는다. 살림집에 비해 면적이 넓은 데다 길에서 5미터 정도 높이에 있기 때문에 지주 기둥은 무거운 것을 쓰고 데크 기초 바닥은 바둑판처럼 깔아 놓아야 한다. 물론 그 당시 방부 처리한 데크용 자재를 구하기가 쉽지는 않았다.

무엇보다도 가장 큰 잘못은 두꺼운 바닥판재를 적어도 0.5센티미터 간격을 두고 시공을 해야 하는데, 편한 대로 그대로 꽉 붙여 시공하는 바람에 판재가 물을 먹으면 튀어올라 뒤틀리고 1년에 한두 번씩 오일 스테인을 칠해 주어도 일부는 씩기 시작했다. 그러니까 통풍이 전혀 되지 않았다.

두 번째 잘못은 눈에 보이지 않는 바닥을 지탱하는 지주목을 형편없이 약한 목재를 써서 시공한 점이었다. 이것 말고도 잘못은 더 있었다. 말하자면 기본적인 재료 선택과 시공 원칙을 하나도 지키지 않고 일을 한 것이었다. 얼마 되지도 않은 비용을 아끼려다 큰일을 망치는 격이었다. 제대로 된 자재를 써서 원칙대로 시공을 하고 유지 보수만 잘해 주면 데크는 15년 이상은 견딜 수 있다.

　나는 다른 목공 일과 새집을 지으면서 2년에 한두 번씩 데크 보수 작업에 온 힘을 기울였다. 썩어 가는 바닥판재 몇 개를 뜯어내고 바꾸는 것은 어렵지 않았지만 지주 발이 기둥을 몇 개 새로 받쳐 주는 일은 정말 힘든 작업이었다. 보다 못한 처가 목수를 불러다가 일을 시키라고 했지만 나는 고집을 부려 가며 혼자 작업을 계속했다. 요즘 젊은 목수들은 헌 재목을 뜯어내고 보수하는 작업은 일당을 많이 준다고 해도 좀처럼 하려 들지 않는다. 무조건 다 뜯어내고 규격에 맞는 반듯한 새 목재로 짜는 것이 쉽고 편하기 때문이다.

　데크 밑바닥으로 들어가 보니 더욱 가관이었다. 시공한 지주 기둥이 콘크리트 기초도 없이 흙바닥에 그냥 서 있는 것이었다. 그래서 흙바닥에 벽돌을 깔아 다지고 기둥을 몇 개 보완하고 썩기 시작하는 판재를 뜯어냈다. 무척 힘들었다. 데크 바닥 한두 평을 보수하는 데 3, 4일씩 걸렸다. 어느 때는 하도 힘을 써서 갈비뼈의 인대가 늘어나 며칠간 약을 먹고 누워 있기도 했다. 이런 것이 시골에서 사는 자연주의자, 생태주의자의 삶인가 하는 오만 가지의 생각이 떠오르기도 했다.

　데크 아래의 경사진 흙바닥을 기어다니면서 실전을 겪었다. 혼자 고집을 부려 가며 힘든 일도 마다하지 않았다. 처도 이제는 내가 진짜 목수가 되었다고 했다. 시골 생활은 낭만적인 꿈과는 거리가 멀었다. 그러나 농원 안의 건축 공사를 몇 년씩 도맡아 하는 봉평의 젊은 목수들이 집 짓는 데 일자리를 주겠다고 농담하면서 나를 목수로 인정해 주고 받아들여 주는 건 정말 기분 좋은 일이었다.

데크 바닥이나 난간을 수선할 때는 둘이서 작업을 하면 훨씬 쉽다. 그러나 새집 짓기는 보다 집중할 필요가 있어 조금은 고독하지만 홀로 해야 하는 작업이다.

035

목수 노릇

무슨 일이든지 자기가 좋아하는 일을 몇 년씩 계속하면 능숙해지고 자신감이 붙고 조금은 도통해지는 듯싶다. 아직도 어설프고 아마추어 목수인 나지만, 사람들이 때때로 왜 하필이면 시골에서 목공 일을 하고 또 새집까지 지으며 사느냐고 물어 온다.

그럴 듯한 '이유'를 논리 정연하게 개진할 필요성을 느끼지만 이건 박사 학위 논문도 아니고 또 무슨 철학적인 사색이 필요한 것도 아니다. 물 맑고 공기 좋은 수려한 경관 속에서 살아서 그런지 나를 가끔 만나는 친구들은 무엇보다도 혈색이 참 좋다고 한다. 나무 먼지 마시며 목공 일에 열중하는 게 자연과 결부시켜 볼 때 뭔가 내세울 수 있는 뚜렷한 이유 내지는 명분이 존재하는 것처럼 생각하고 있는 듯하다.

나는 사람들에게 묻는다. 나무판재에 못이나 나사못을 한 번이라도 망치로 박아 본 적이 있냐고. 판재를 잘라 조그만 상자라도 만들어 보았냐고. 목수가 뭐 하는 사람인지 아느냐고. 그리고 시골에 살면서 벤치 만들고 선반 짜서 달고 책꽂이 만들어 책 꽂고 새집 만들어 집에다 걸어 놓고 남들에게도 공짜로 나누어 준다고 말한다. 새들이 찾아오면 무엇보다도 반갑고 즐겁다고 얘기해 준다. 아무 대가 없이 즐기면서 몰두하는 일이 바로 목수 노릇이며 이것 또한 내가 시골에서 자연을 즐기며 사는 방법 중의 하나라고 말해 준다.

나는 목공 일이 좋아서 하기 시작했다. 사물의 생김새를 유심히 관찰하게 되니 의자의 다리도 네 개고 벤치의 다리도 네 개인데 다리가 하나 짧으면 그걸 어떻게 맞추어야 할지 생각해 보게 된다. 지붕의 처마선과 건물의 평행선이 도심의 스카이라인과 어떻게 조화를 이룰지 고심하는 건축가의 얘기를 읽은 적이 있다. 평행선과 수직선 이 두 선을 맞추는 것이 얼마나 어려운 줄도 깨달았다.

만들고 싶은 것이 있으면 간단히 스케치를 해보고 머릿속으로 4차원의 세계를 그려 보는 것도 재미있다. 정확히 수치를 정하고 나무판재를 재단하면서 내가 만들고자 하는 물건의 조화로움과 균형을 따져 보아야 한다. 균형이 깨지면 물건은 제대로 나오지 않는다.

한번은 바 스툴bar stool, 술집에서 쓰는 높은 의자을 만들 때였다. 스케치를 해놓고 정확한 수치를 정해 각 부분을 재단한 후 의자를 한참 조립하고 있는데 어딘가가 아주 이상했다. 등판은 재활용한 단풍나무판재를 사용했고, 자리도 제대로 자리잡은 것 같은데 무엇인지 균형이 맞지 않았다. 조금 쉬었다가 다시 의자를 들여다보았다. 의자 다리 중 하나가 길이는 같지만 소재가 달랐다. 너무 열중한 나머지 엉뚱한 목재를 재단해 놓았다가 아무 생각 없이 조립을 한 것이었다.

일에 열중해 있다 보면 생각보다 큰 실수를 하게 된다. 기계를 다룰 때는 특히 조심하지만 못을 엉뚱한 곳에 박거나 거침없이 망치로 손가락을 내리쳐 부상

목공 일과 새집 짓기에 몰두하면서 산책을 하다가도 쓸 만한 나무줄기나 가지, 헌 판재가 눈에 띄면 주워 오는 버릇이 생겼다. 헌 판재를 이용해서 새 먹이집을 만들어 데크 난간 위에 놓거나 나무에 걸어 놓으면 새들이 모여 들기 시작한다.

당하기도 한다. 이렇게 집중력이 떨어지면 작업을 중단하는 것이 좋다. 남과 얘기하면서 할 수 있는 목공 일은 없는 것 같다. 철저하게 혼자서 재고 재단하고 작업 순서에 따라 전체적인 윤곽을 머릿속에 그려 놓고 조립해 나가는 게 목공 일이 아닌가 생각한다. 꼼꼼함과 약간의 손재주에다 사물을 정확히 분석할 수 있는 눈을 갖고 있으면 절반의 성공이고, 여기에 예술적인 창의성이 가미된다면 어느 정도 목수의 자질은 갖춘 것으로 본다.

공사판의 쓰레기더미를 뒤지면 쓸 만한 목재가 꽤 나온다. 불에 태우거나 땅에 묻어 버릴 나무판재를 주워다가 여러 가지 물건을 만들 수 있다. 이런 재활용 목재를 활용해서 손님 대기용 벤치를 만들어 서울 사는 이에게 보내고 난 후에는 대단한 일을 한 것 같은 기분에 빠지기도 했다. 향기 좋은 고급 판재인 붉은 시다로 작은 CD나 책을 꽂을 수 있는 아담한 책꽂이 여러 개를 만들어 아는 이들에게 하나씩 보내 주는 것도 큰 즐거움 중의 하나다. 재활용 목재를 수집해서 사용하면 작게나마 시골의 생태계 보전에 도움이 되고, 대가 없이 내가 만든 물건을 사람들에게 보내 주는 것도 시골 생활에서 누릴 수 있는 자그마한 기쁨이라고 생각한다.

창고 겸 작업실 앞에는 차와 사람들이 오르내리는 도로가 있고, 이 도로 옆에 좁고 길쭉한 땅이 있다. 난 큰 물건을 만들 때면 이곳에서 작업을 하곤 한다.

농원에는 허브를 비롯해서 수많은 종류의 꽃이 계절따라 그 자태를 뽐내고 있지만 우리만의 꽃밭, 우리 야생화만의 꽃밭을 갖고 싶었다. 제일 먼저 해야 할 일은 좋은 흙을 골라서 자그마한 맨땅에 길보다 높게 흙을 30센티미터 정도 높이로 쌓아올리는 것이었다. 계산을 해보니 만만치 않은 양이었다. 처와 나는 플라스틱 양동이 두 개로 집 바로 뒤에 있는 산기슭에서 흙을 퍼나르기 시작했다.

저녁 늦게까지 둘이서 하루 종일 부지런히 퍼날랐는데도 아직 반도 차지 않았다. 농원에 있는 1톤짜리 소형 덤프트럭을 빌려 쓰면 두세 번 만에 쉽게 끝낼 수 있었겠지만, 우리는 손으로 이틀 동안 열심히 흙을 날랐다. 산기슭에 널려 있는 큼직한 바윗돌은 승용차로 옮겨 날랐다. 결국 거의 닷새나 걸려 만든 이 꽃밭에다 우리는 열심히 꽃을 심었다. 화려한 꽃이 주렁주렁 피는 금낭화와 매발톱, 늦여름까지도 노랑꽃이 계속 피는 동이나물과 매미풀도 심었다. 뒷산에서 캐온 천남성도 심고 햇볕이 덜 드는 구석에다 산수국도 심었다.

다음해 봄부터 꽃밭은 제법 틀을 갖추었다. 게으른 사람도 할 수 있는 게 야생화 가꾸기다. 게다가 대부분 다년생이기 때문에 첫 해만 잘 심어 놓고 가꾸면 저절로 자란다. 목공 일처럼 집중력이 필요한 것도 아니다. 5~10평 정도의 밭을 일구어 놓고 하루에 한두 시간씩 돌보면 된다.

꽃밭을 일구고 난 후 나는 몇 년째 제멋대로 자라게 내버려두었던 인동초 넝쿨이 잘 자라도록 3미터가 넘는 격자형의 직사각형 스크린을 짰다. 짬짬이 모아 두었던 얇고 긴 판재를 이용했다. 이 작업도 하루에 끝나지 않았다. 꽃을 키우면 목수 노릇하기도 바빠진다.

목공 일을 하면서 사물을 여러 각도에서 따져 보는 일이 잦아졌다. 굴러다니는 목재 한 토막, 30센티미터도 안 되는 판재 조각 몇 개로도 뭔가를 만들 수 있는 구상이 떠오르곤 한다. 몸과 정신을 골고루 움직여 직접 뭔가를 만든다는 것이 목공 일의 가장 큰 미덕이 아닌가 생각한다.

시골에서는 인건비가 비싸다. 특히 강원도의 인건비는 다른 지방보다 더 비싸다. 하루나 이틀쯤밖에 걸리지 않는 목수의 일은 아무도 하려 하지 않는다. 결국 자기 손으로 직접 할 수밖에 없으니 어설프고 서투른 목수 노릇도 당연하거니와 사실 경제적으로 상당히 큰 도움이 된다.

새집 짓는 목수가 더 좋다

일반 목공 일을 하면서 처음에는 짬짬이 새집을 만들기 시작했다. 새집 만들기 역시 동생(『얘들아! 우리 시골 가서 살자』의 저자 이대철, 디자인 하우스 출판)의 도움을 많이 받았다. 내가 생각하기로는 벌써 10여 년 전부터 새집을 제대로 만들어 대량으로 보급시킨 새집 만들기의 선구자가 바로 내 동생이 아닌가 싶다.

나는 처음부터 새집을 살림집과 먹이집으로 구분해서 만들었다. 처음 몇 년은 1년에 50~60개의 새집을 만들어 우리 집 데크에 올려놓기도 하고, 대부분 아는 사람들에게 나누어 주었다. 가능한 한 재활용 목재를 쓰는 나는 헌 판재나 공사장에서 내다 버린 자투리 판재를 이용해서 새집을 짓는 것이 아주 효과적인 목재 활용 방법임을 알게 되었다.

초기에 만든 새집은 초라하고 보잘 것 없었지만 2, 3년이 흐르면

토담집, 외갓집 같은 정겨운 맛을 내는 단어를 떠올리며 새집을 만든다. 시간이 걸리는 힘든 작업이지만, 내가 만든 이 새집들을 하나의 예술 작품이라고 감히 주장한다.

043

서 솜씨도 점점 좋아지고 아주 다양하게 발전했다. 사람들도 내가 만들어 놓은 새 집을 보면서 아주 즐거워했고, 산새들이 찾아들기 시작하자 더 반갑고 행복했다. 특히 초겨울 11월 중순에서 다음해 4월 늦봄까지는 우리가 새 먹이집에 꽂아 놓은 쇠고기 기름을 먹으려고 많은 산새들이 하루 종일 날아들곤 했다.

몇 년 전에 한국인이 좋아하는 동물이 무엇인지 조사한 결과에 따르면 놀랍게도 첫 번째가 새였다. 나는 요새 TV에서 개 얘기를 하도 해서 제일 좋아하는 동물이 개인 줄 알았는데 그렇지도 않은 모양이었다. 도시 사람들이 이제 새를 보기가 쉽지 않아서 그런지 몰라도 난 잘 납득이 가지 않았다. 그리고 본격적으로 새집을 만들면서 사람들이 얼마나 새에 대해서 편견을 갖고 있는지 알게 되었다.

내가 지은 새집을 보고 사람들이 묻는 질문은 딱 두 가지였다. 왜 하필이면 새집을 만드느냐, 그리고 새집에 과연 새가 들어가 사냐고 말이다. 그럼 난 시골에 살면 늘 아름다운 새들이 있기 때문이라고 선문답하듯 말한다. 서울 명동 한복판에다 새집을 걸지 않는 한 새들은 틀림없이 새집에 찾아온다고.

확실히 나는 새집 짓기를 더 좋아한다. 그리고 새를 무척 좋아한다. 일반 목공 일과 병행해서 하던 새집 짓기가 이제는 내가 가장 몰두하는 일이 되었다.

평범한 새 살림집과 새 먹이집에서 시작한 새집 짓기는 수백 가지 디자인의 새집을 만드는 전문적인 작업이 되었다. 동판, 알루미늄판은 물론 구할 수 있는 모든 소재를 사용해서 실험적인 작업도 한다. 계곡물에 씻겨 떠내려온 나뭇가지와 굵은 줄기, 헌 판재를 이용해 고풍스러운 분위기가 풍기는 새집을 즐겨 만들기도 한다.

목수로서 새집을 짜고 그 새집에 추상미를 가미시키기도 하며 화가와 조각가로서 상상력을 불어넣기도 한다. 죽은 나무판재를 엮어서 거기에 생명력이 있는 하나의 작품을 만든다는 자부심을 갖고 작업에 임한다.

예술성이 있는 다양한 새집과 먹이집에 새들이 찾아오면 얼마나 아름다운 정경이 이루어지는지 아직까지 사람들은 잘 모른다. 그래서 나는 새집을 즐겨 짓고, 새집 짓는 목수라고 불리는 것을 더 좋아하는지도 모르겠다.

새집 birdhouse 과 새장 cage

새집을 만들면서 가장 놀란 것은 사람들이 새집을 보고 자꾸 새장cage 이라고 부르는 것이었다. 처음에는 그저 단어를 혼동해서 그런가 보다고 생각했으나 사실은 그게 아니었다. 새집이라는 명칭을 모르는 사람이 아주 많았고, 반면에 새장이란 단어는 많이 알고 있었다.

또 새집birdhouse 을 새로 지은 집new house 으로 오해하는 경우도 많았다. 새집은 새가 깃들인 곳이다. '깃들이다' 라는 정겨운 우리말은 '새나 짐승이 보금자리를 만들어 그 속에 들어 산다' 는 뜻이니까 새집은 새가 보금자리를 만들어 그 안에 들어가 사는 곳이라는 얘기다. 새장cage 은 새를 가두어 기르는 장일 뿐이다.

새집은 자유를 뜻한다. 그리고 새장은 속박을 의미한다. 인간은 새를 새장에 가두어 기르지만, 새집에는 새가 자유로이 선택을 해서 그 속에 들어가 살지 말지 스스로 결정한다. 새집은 인간인 내가 만들어서 걸어 놓지만 선택권은 새에게

오랫동안 계곡물에 떠내려 오며 씻겨진 나뭇가지나 줄기를 소재로 해서 만든 새집은 디자인하기에 따라 고풍스러움과 현대적인 멋을 동시에 표현할 수 있다.

있는 것이다. 새의 입장에서 보면 새장은 인간이 만든 감옥이라 할 수 있으며, 그 속에서 사는 새는 죄수와 같다고 한다면 나의 지나친 생각일까?

　　새집_{살림집}을 만들어 나무에 걸어 놓는다고 해서 며칠 내에 금방 새가 둥지를 틀지는 않는다. 새집에 새가 살림을 나기까지는 상당한 시간이 걸리며 몇 차례의 검증이 따라야 한다. 빠르면 2, 3개월에서 길게는 1년 가까이 새들은 새집에 들어가 보고 지붕에도 내려앉으며 여러 번 테스트를 해본다. 그리고 나서야 어느 날 둥지를 틀고 알을 낳아 새끼들을 키우며 길어야 두 달 정도 살다가 새끼들이 다 크면 홀쩍 떠나 버린다. 그럼 새집은 또 다음 해를 기약하며 새를 묵묵히 기다릴 뿐이다.

새집은 사계절
어느 때나 아름답다

눈 내리는 겨울이 되면 나무에 걸어 놓거나 데크 위에 올려놓은 새집의 지붕 위에 소담스럽게 흰 눈이 쌓인다. 하얗게 뒤덮인 눈 속에서 새집을 찾아오는 새의 무리는 점점 늘어난다.

흰 눈이 두껍게 쌓인 먹이집 속으로 들락거리는 자그마한 새의 모습은 생동하는 소박한 한 폭의 그림처럼 아름답지만, 새의 입장에서는 무척 절박한 상황이 닥친 셈이다. 떨어진 열매와 씨앗은 두터운 눈 속에 파묻혀 있어 찾아 먹을 수가 없고, 얼마 전 가을에 나무껍질 속에 감추어 놓은 월동 먹이도 그리 쉽게 눈에 띄지 않는다.

나무와 어우러진 새집은 광채를 발한다. 울창한 숲속에서, 나무 몇 그루 심어 놓은 도심의 아파트 단지에서, 산골 작은 오두막집에서도 새집 몇 채를 걸어 놓으면 작은 새들이 찾아오며 사계절의 모습이 철따라 색다르게 느껴진다. 따뜻한

한여름 녹음 속에 걸려 있는 새집은 나무와 자연스럽게 어울린다. 삭막한 겨울철 데크 난간 위에 수북하게 쌓인
눈 속에 파묻혀 있는 새집이 내 눈에는 가장 아름다워 보인다.

봄날 베란다에 나와 앉아 책을 읽을 때면 박새와 곤줄박이들이 겁 없이 내 옆에 내려앉아 먹이를 먹는다. '자연이 정말 내 옆에 다가왔구나' 라는 생각을 하며 나는 그저 조용히 이들을 바라보며 편안한 마음으로 시간의 흐름 속으로 빠져든다.

집 주위에 새집을 달아 놓으면 말로 표현할 수 없는 차분하고 여유 있는 분위기가 만들어진다. 인위적인 조경이나 집 꾸미기와는 다른 편안하고 포근한 기분을 갖게 한다. 자기 손으로, 자기 마음대로 여러 디자인의 새집을 만들어 걸어 놓으면 새는 자연스럽게 모여들고 살아 움직이는 새집의 아름다움을 감상한다는 특권을 만끽하기도 한다.

미국과 캐나다를 여행하다 보면 교외의 주택과 넓은 평원 지대에 어쩌다 나타나는 농가 마당에 새집 몇 개씩은 꼭 걸려 있는 광경을 보게 된다. 매끈하게 다듬은 판재로 각을 맞추어 정교하게 지은 새집만이 아니다. 쓰고 버린 듯한 투박한 판재를 이용해 서투른 솜씨로 만든 듯한 새집도 있다. 그래도 그들이 사는 집이나 주위 환경과 아주 잘 어울렸다. 산뜻한 주택에는 산뜻한 새집이, 오래된 농장 건물에는 고풍스러운 멋을 풍기는 새집이 있었다. 새집은 하나의 중요한 풍경 요소였다.

새집 전시회

새집을 몇 년간 만들다 보니 내 손끝에서 나온 새집들을 가지고 전시회를 열어 보는 건 어떨까 하는 막연한 생각을 해보았다. 그러던 차에 처와 주위 친구들이 새집 전시회를 해보는 것이 어떻겠느냐고 권유를 해왔다. 새집이 무엇인지도 모르는 사람들이 꽤 많은데 새집 전시회를 연다니 좀 계면쩍은 생각이 들기도 하고, 전시회가 과연 사람들의 관심을 끌 수 있을까 걱정스럽기도 했다.

그러다가 한국 자생 식물원 김창렬 원장님께 새집 작품들을 미리 보여드린 것이 결심을 굳히는 데 도움이 되었다. 원장님과 직원들이 참신하고 독특한 전시회가 될 것이라며 크게 격려를 해주는 바람에 그 자리에서 모든 일이 일사천리로 결정되었다.

오대산 국립공원 산자락 약 3만 평이 넘는 지역에 자리잡고 있는 한국 자생 식물원은 천여 종이 넘는 우리나라 자생 식물을 보유하고 있는 전문 식물원이다.

풍부한 한국 토종 야생화를 마음껏 볼 수 있으며 이제는 거의 멸종되다시피 한 희귀종도 많이 보존하고 있다. 우람한 소나무가 쭉쭉 뻗어 올라간 솔밭 광장과 이벤트 홀이라는 갤러리가 있는 유리 온실 식물원, 이 두 장소에서 야외 전시와 실내 전시회를 함께 열기로 했다. 새집과 소나무, 야생화 그리고 식물원이라는 이미지는 새집 전시회에 딱 맞는 구도였다.

전시회 개막일을 앞두고 닷새 전부터 새집 작품 설치에 들어갔다. 새집은 커다란 박스로 열아홉 개, 한 트럭이나 되는 물량이었다. 솔밭 광장에 70여 점, 이벤트 홀에 60여 점, 모두 130여 점이 넘는 규모였다. 새집을 만든 나 자신도 새삼 놀란 규모였다.

이런 전시회는 한국에서 처음이라 마땅히 자문을 구할 데도 없어 처와 처제가 큐레이터를 맡고 나는 감독자 역할을 했다. 새집이 솔밭 광장의 커다란 소나무마다 하나 둘씩 걸리고 갤러리 벽면에도 하나하나 걸리기 시작하자 내 생애 첫 전시회가 실패하면 어쩌나 하는 걱정스러운 생각이 들기 시작했다. 새에 대한 관심을 일깨워 주는 특이한 전시회, 신선한 느낌과 충격을 주는 전시회이기를 간절히 기원하면서 개막 전날까지 새집 전시를 모두 끝냈다. 이제 식물원을 찾는 이들에게 보여 줄 일만 남았다.

2004년 7월 10일 '이대우가 만든 새집전'이라는 이름으로 새집 작품 전시회가 열렸다. 개막식 테이프 커팅도 없고 조촐한 다과회도 없이 전시회는 두 달 일정의 막을 열었다. 온갖 야생화가 반기는 넓은 식물원을 찾아온 이들이 덤으로 이 전시회를 관람해 주면 그것으로 족하다는 마음뿐이었다.

그러나 전시회가 열리자마자 강원도에 폭우가 쏟아졌다. 농원의 칠다리가 끊겨 집에 꼼짝 없이 갇혀 있다가 산으로 돌아올라 겨우 탈출했던 일, 무리한 전시 작업으로 처가 몸살 감기를 심하게 앓았던 일, 나 역시 급성 장염에 걸려 혼이 났던 일은 전시회의 후유증으로 남았다.

고된 노동을 하며 서울 대학 입시에 합격한 한 고학생이 "공부가 제일 쉬웠다."고 말한 것처럼 나도 새집 짓기가 제일 편하고 쉬웠다.

새집 전시회, 그것도 130여 채나 되는 새집 전시회를 연다고 해서 대단한 화젯거리가 되기도 했다. 새집 birdhouse 이 아니라 new house, 새로 지은 집을 130여 채나 한꺼번에 전시한다고 이 입 저 입으로 전해졌으니 우리 부부가 졸지에 부자에다 대단한 부동산 사업가로 둔갑하지 않았겠는가. 그것조차도 유쾌한 해프닝이었다.

새집을 짓는 데는 왕도가 없다. 똑같은 디자인으로 대량 생산할 이유도 없다. 자기가 즐기는 하나의 작업으로서 몰두하다 보면 독특한 새집이 그 모습을 드러내게 된다.

 # 목공 일과 새집 짓기에 필요한 기계와 도구

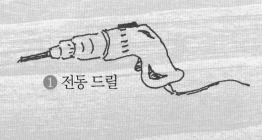

❶ 전동 드릴

❷ 오비탈 샌더 Orbital Sander

❸ 코드리스 드릴

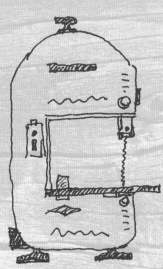

❺ 밴드 소 Band Saw

❹ 지그 소 Jig Saw

❻ 마이터 소 Miter Saw

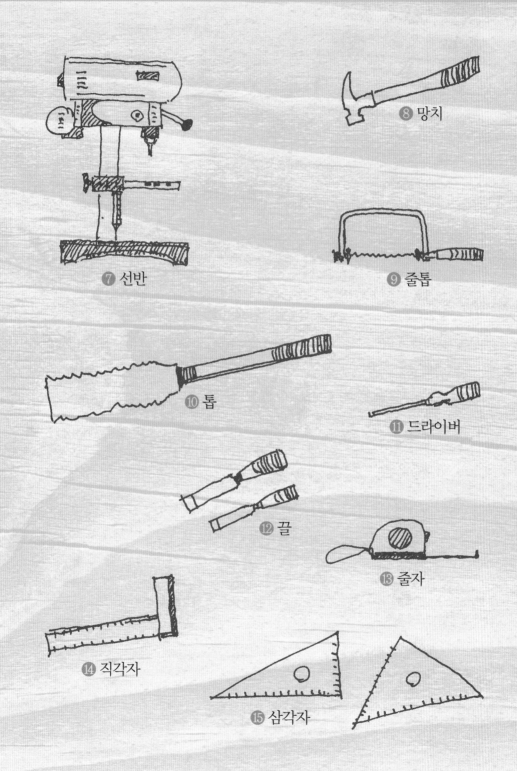

⑦ 선반

⑧ 망치

⑨ 줄톱

⑩ 톱

⑪ 드라이버

⑫ 끌

⑬ 줄자

⑭ 직각자

⑮ 삼각자

간단한 도구로 기본적인 새집 만들기

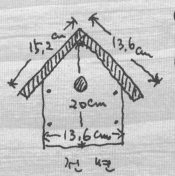

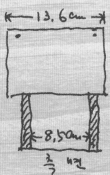

15.2cm 13.6cm

20cm

13.6cm

앞 면

13.6cm

8.5cm

측 면

✳ 도구와 재료

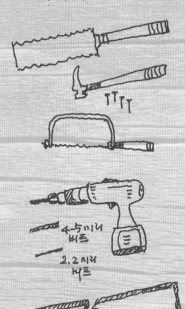

4.5미리
비트

2.2미리
비트

13~14cm

110cm

판재 - 폭 : 13~14cm
두께 : 1.5~1.8mm
총 소요 길이 : 110cm

❶ 새집 앞면과 뒷면 만들기

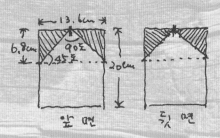

13.6cm

6.8cm

90도

45도

20cm

앞 면   뒷 면

- 판재를 20cm 길이로 2개를 만든다.
- 그림과 같이 중간 지점(6.8cm)을 잡고 세로로 6.8cm 지점을 표시한다.
- 이등변 삼각형이므로 지붕의 물매는 45도, 안쪽 각은 90도가 된다.

❷ 앞면에 새집 구멍 만들기

- 앞면 가로 중간 지점에 지름 3cm 원을 그린 후 5mm 비트를 써서 원의 가장자리에 구멍을 뚫는다.
- 줄톱의 한쪽은 풀고 톱날은 구멍에 집어넣은 후 다시 줄 톱을 조이고 원의 선을 따라 잘라내어 구멍을 만든다.

❸ 측면 A, B 만들기

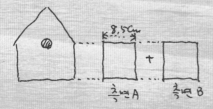

- 가로 8.5cm 탄재 2개를 만든다.

❹ 지붕 만들기

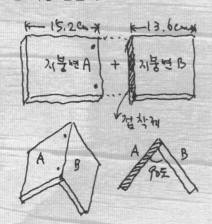

- 지붕면 A와 B를 만든다. 지붕면 A가 B보다 탄재 두께 만큼 길게 만든다.
- 지붕면 A에 드릴(2.2mm 비트 사용)로 구멍을 뚫고 지붕면 B를 A와 직각이 되도록 붙이고 못을 박는다.

❺ 측면 A, B 조립

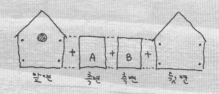

- 앞면과 뒷면에 그림과 같이 드릴로 구멍을 뚫는다.
- 앞면에 측면 A를 접착제로 발라 못을 박는다.
- 앞면에 측면 B를 접착제로 발라 못을 박는다.
- 뒷면을 붙여 못을 박는다.

❻ 지붕 씌우기

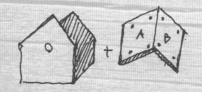

- 접착제를 발라 지붕을 몸체에 올린다.
- 지붕처마가 앞면으로 조금 길게 나오게 한다.
- 드릴로 지붕 A,B에 구멍을 뚫고 못을 박는다.

❼ 바닥 완성하기

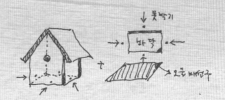

- 바닥 크기에 맞게 판재를 자른 후 오물 배설구를 만든다.
- 앞면과 뒷면 측면에 구멍을 뚫고 못을 박아 완성한다.

주의 사항
- 못을 박을 때는 반드시 먼저 드릴로 구멍을 뚫은 후에 한다. 직접 못을 박으면 탄재가 깨진다.
- 새집의 각각 부분이 닿는 면에는 반드시 접착제를 바른다. 그래야 튼튼하고 햇볕이나 비와 눈에도 뒤틀리지 않는다.

'고목속의 둥지' 새집 만들기

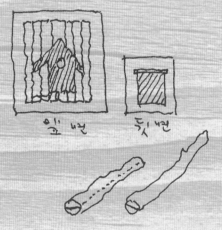

일 번   뒷 면

고색 창연한 고목 속에 싸여 있는 새집이다. 나뭇가지나 줄기를 이용해서 새집을 실루엣으로 표현한다. 박스형의 새집은 뒷면에 부착한다.

- 지름 2~3.5cm의 나뭇가지와 줄기를 준비한다.
- 32밀리의 나사못과 25밀리의 작은 못을 사용한다.
- 폭 22cm, 길이 30cm, 두께 1.5~2cm의 판재 1장
- 폭 14cm, 길이 45cm 판재 1장
- 폭 8.5cm, 길이 50cm 판재 1장
- Band Saw를 사용한다.

❶ 새집 전면 만들기

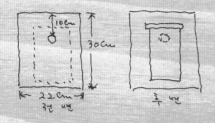

- 그림과 같이 위에서 10cm 지점에 지름 3cm의 새집 구멍을 만든다.

❷ 박스형 새집 만들기
(뒷면에 부착)

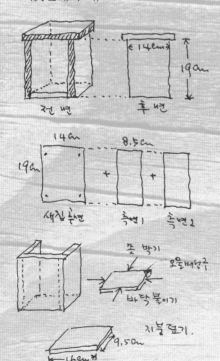

- 바닥 크기에 맞추어 바닥을 몸체에 붙인다.
- 그림과 같은 크기로 맞추어 지붕을 덮는다.
- 지붕 좌 · 우와 뒤쪽이 조금 여유 있게 나오게 된다.

❸ 박스형 새집을
전면에 부착시키기

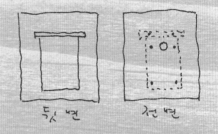

- 접착제를 바른 후 전면의 뒤쪽에 새집을 붙인다.
- 새집 전면을 위로 놓고 그림과 같이 드릴로 구멍을 뚫고 32밀리 나사못을 박아 고정시킨다.

❹ 나무줄기나 가지 붙이기
(새집 단장하기)

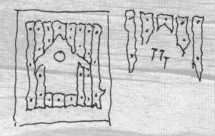

- 전면에다 적절한 크기의 새집을 그린다.(연필 사용)
- 두 쪽으로 낸 나뭇가지나 줄기를 연필로 그린 새집에 맞추어 자른 후 드릴로 구멍을 뚫고 접착제를 바른다.
- 작업 순서는 중앙에서부터 시작하여 좌 · 우를 균형 있게 붙이고, 25밀리 작은 못을 사용하여 고정시킨다.
- 상상력을 마음대로 펼쳐 만들 수 있는 아름다운 새집이다.

샬레(Chalet)형 2층 새집 만들기

- 밴드 소(Band Saw) 준비
- 38밀리(1.5인치) 못, 25밀리 작은 못 준비
- 폭 14cm, 탄재 약 120cm, 두께 1.5~2cm의 판재 1장
  / 폭 8.5cm, 탄재 약 80cm 판재 1장
- 지름 2~3.5cm의 나무줄기나 가지는 여러 개 준비한다.
  계곡물에 씻겨 껍질이 모두 벗겨진 것이 좋다.

새집 몸체 만들기

❶ 새집 전면 만들기

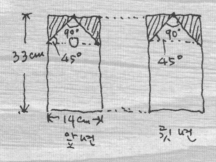

- 앞에서 설명한 새 살림집과 똑같은 방법으로 만든다.
- 지붕 물매는 45도로 한다.
- 탄재를 33cm 길이로 2개를 만든 후 그림의 사선 부분
  을 잘라 낸다.

❷ 앞면과 뒷면에 출입구 만들기

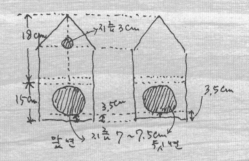

- 1층과 2층에 출입구를 지름 3cm, 지름 7~7.5cm로
  그린 후 드릴 비트로 각각 구멍을 뚫고 줄톱을 사용해서
  잘라 낸다.

❸ 측면 만들기

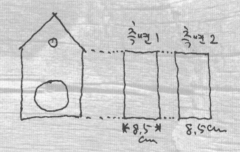

- 가로폭 8.5cm의 측면 1, 측면 2를 그림과 같이 세로
  길이로 자른다.

❹ 지붕 만들기

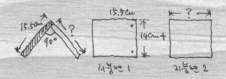

- 지붕면 1이 지붕면 2보다 탄재 두께만큼 길게 만든다.
- 지붕면 1에 구멍을 뚫고, 지붕면 2에 접착제를 바른 후
  못을 박는다.

❺ 측면 만들기

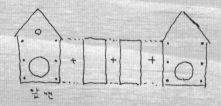

❻ 1, 2층 바닥 붙이기

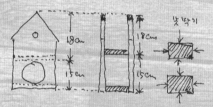

- 바닥 크기에 맞게 탄재를 잘라 넣은 다음 몸체 4곳에 구
  멍을 뚫고 접착제를 바르고 못을 박는다.

❼ 지붕 덮기

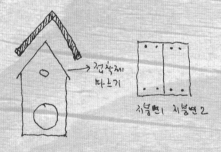

- 지붕면에 그림과 같이 드릴로 구멍을 뚫고 접착제를 바
  른 후 못을 박는다.
- 앞면 쪽의 지붕처마가 뒤쪽보다 조금 길게 나오도록 한
  다.

나무줄기나 가지 붙이기
(새집 모양 내기)

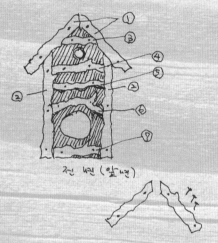

- 샬레의 분위기를 살리는 가장 중요한 작업이다.
- 지름 2~3.5cm의 자연스러운 모양의 나무줄기와 가지
  를 밴드 소로 두목을 내어 붙이는 모양 내기다.

- 틀에 잡힌 정형성은 없다.
- 준비한 줄기나 가지를 이용하여 자기 마음대로 모양을
  내는 예술적인 작업이다.
- 적절한 크기로 맞추어 자른 줄기나 가지를 새집 몸체에
  그림과 같이 붙인다.
- 반드시 드릴로 구멍을 뚫고 접착제를 바른 후 작은 못
  (25밀리)을 박아 고정시킨다.

주의 사항
- 밴드 소(Band Saw)는 누구나 쓰기 쉬운 일종의 전동 줄톱이지만 가장 부상 사고가 많이 나는 기계임을 명심하자.

우리 둥지로 찾아드는 새

시골 생활을 시작하면서 처음부터 새에 관심을 가진 것은 아니었다. 한동안은 짐 정리를 하고 집 안팎을 꾸미느라 정신이 없어 산책을 다니면서도 새에게만 유난히 관심을 갖지 못했다.

그러다가 풀 하나, 나무 한 그루, 힘차게 흐르는 계곡, 아침저녁으로 수시로 변하는 풍광에 익숙해질 무렵 집 주위로 날아다니는 새에게 흥미가 생기기 시작했다. 그때부터 새를 유심히 관찰하게 되고 거기다가 목공 일에 손대면서 새집도 짓기 시작하니 새에 관한 책도 읽고 하나 둘씩 지식도 많이 늘었다.

우리가 살고 있는 이 계곡 마을에도 어디에서나 흔히 볼 수 있는 텃새들, 박새 종류와 곤줄박이, 딱따구리가 많이 날아든다. 우리가 확인한 것이 열한 종류쯤 되고, 집에서 조금 멀리 떨어진 숲속에도 다른 종류가 더 있는 것 같은데 아직까지는 어떤 새인지 확인하지 못했다.

몸집이 작으면서 개체 수가 많은 박새, 쇠박새, 진박새, 곤줄박이, 동고비, 노랑할미새는 하루 종일 날아들고 덩치가 커다란 직박구리와 어치는 함께 오는 경우가 많다. 쇠딱따구리, 오색딱따구리, 큰 오색딱따구리 등 세 종류의 딱따구리가 자주 찾아와 우리를 즐겁게 해준다.

몇 년 전까지만 해도 계곡을 거슬러 올라가다 보면 새끼들을 거느린 원앙을 자주 볼 수 있었지만 마을이 번잡해지면서 지금은 보기가 무척 힘들어졌다.

박새 : 몸길이 14.5cm

우리나라 어디에서나 흔히 볼 수 있는 텃새로 환경 변화에 잘 적응하여 설악산, 지리산과 같은 높은 산에서부터 서울의 남산이나 인가에 가까운 숲, 도심의 고궁, 공원, 정원 등에서도 산다. 얼굴의 뺨 부분이 하얀 것이 눈에 띄며 머리부터 배까지는 검고 등 쪽은 청회색이다. 집에서 같이 살고 싶은 새다. 비번식기에는 다섯에서 열 마리씩 무리를 지어 진박새, 쇠박새, 동고비, 때로는 오색딱따구리, 쇠딱따구리와 같이 숲속을 날아다닌다.

둥지는 나무 구멍에 주로 트나 돌담의 틈이나 인가 또는 건물에도 집을 짓기도 한다. 특히 사람이 만들어 놓은 새집도 아주 잘 이용하는 새다. 주로 곤충과 해충류를 잡아먹는 유익한 새이며 4월부터 7월까지 한 해 두 번 번식한다.

쇠박새 : 몸길이 12.5cm

겨울철에는 시골 마을부터 도시의 공원이나 주택 정원에도 내려오기 때문에 쉽게 볼 수 있는 흔한 텃새다. 번식기에는 숲속이나 높은 산에서 산다. 머리끝은 광택이 도는 검은색이며 몸통 윗부분은 갈색이 도는 연한 회색으로 날개에는 흰 줄이 없

다. 산란기는 4∼5월이며 곤충의 애벌레, 곤충과 거미류 및
장미과의 열매를 즐겨 먹는다.

박새와 같이 딱따구리의 옛 둥지나 나무 구멍에
둥지를 트나 인공 새집도 잘 이용한다. 겨울철에 대비하
여 나무의 종자나 열매 등을 나무의 틈새나 옹이에 비축하기 때문에 '식량을 저장
하는 새'로 불리기도 한다.

진박새 : 몸길이 11㎝

박새류 중에서 가장 작은 새이며 흔히 볼 수 있는 텃새다.
머리끝에는 검은색의 작은 댕기가 있고, 머리와 가슴 윗
부분은 검고 몸통 윗면은 어두운 청회색을 띤다. 날개에
는 가느다란 흰색 띠가 있고 가슴은 연한 크림색이다.

산림이나 공원에서 살며, 비번식기에는 다른 박새류와 무
리를 지어 다닌다. 산란기는 5∼7월 사이이며 딱정벌레, 나비, 매미 등 곤충류를
잘 먹지만 장과나 열매 등 식물성 먹이도 좋아한다. 둥지는 다른 박새류와 같다.

곤줄박이 : 몸길이 14㎝

어렸을 적 새 점을 치는 데서 흔히 본 새로 박새와 비슷한
크기의 텃새이다. 사람들의 사랑을 특히 많이 받았다. 머
리 맨 윗부분에서 뒷목까지는 검은색, 이마와 얼굴은 크림
색을 띠는 흰색, 등과 배는 적갈색, 배 가운데는 크림색을 띠
는 회색이다.

산림, 공원, 정원 등 낙엽 활엽수림에서 주로 산다. 번식기에는 곤충을 잡

아먹고, 가을과 겨울에는 나무열매나 씨를 먹고 사는데 가을에는 줄기의 갈라진 틈새나 썩은 나무의 작은 구멍에 먹이를 저장했다가 겨울에 꺼내 먹기도 한다. 산란기는 4~7월이며 박새류와 같은 곳에 둥지를 트는데, 인공 새집도 아주 잘 이용한다.

동고비 : 몸길이 14㎝

나무줄기나 가지를 잘 타 재빠르게 움직이면서 먹이를 찾는 이 새는 여름철이면 쉽게 볼 수 있는 흔한 텃새다. 등은 청회색, 배는 흰색이다. 굵고 검은색의 눈 선이 있으며 가느다란 흰색의 눈썹 선을 볼 수 있다. 활엽수림이 많은 산지와 임야에 살며, 딱따구리의 옛집이나 인공 새집에 둥지를 튼다. 산란기는 4~6월이며 곤충류, 거미류, 나무의 열매나 씨앗도 잘 먹는다.

직박구리 : 몸길이 28㎝

비교적 몸집이 큰 텃새로서 파도 모양으로 날며 시끄럽게 지저대는 습성이 있다. 머리와 등은 푸른색을 띠는 회색이며 날개는 회색을 띠는 갈색이다. 눈 뒤로 밤색의 반점이 있고 배에서 꼬리 쪽으로 가면서 흰색 반점이 많아진다.

　산림, 시골 마을, 도심의 공원이나 주택 정원 등에서 살며 특히 겨울철에 공원이나 정원에 먹이집을 설치하고 먹이를 놓아 주면 많이 모여들기도 한다.

쇠딱따구리 : 몸길이 15㎝

딱따구리과 새 중에서 가장 몸집이 작은 새로서 스님의 아침 예불
보다도 먼저 목탁을 두드리고 간다는 말이 있다. 우리나라 전역에서
흔히 볼 수 있는 텃새다.

　　어두운 갈색 머리에 흰 눈썹 선과 뺨 선이 있고, 등에는 흰 가로줄
무늬, 배와 옆구리 부분에는 갈색의 세로줄 무늬가 뚜렷하게 있다. 수컷
머리에는 붉은 점이 있으나 눈에 잘 띄지 않는다. 나무줄기에 구멍을 파고
둥지를 튼다. 산란기는 5월 상순에서 6월 중순이며, 곤충류와 나무 열매를 주로 먹
고 야산이나 공원의 숲속, 산림 속에서 산다.

오색딱따구리 : 몸길이 24㎝

큰 오색딱따구리보다 몸집이 조금 작은 새로서 어디에서나 볼 수 있
는 흔한 텃새다. 등과 꼬리 가운데 부분은 검고 바깥 꼬리는 옆으로
하얗고 검은 반점이 있다. 등 뒤에는 V자 모양의 크고 하얀 반점이 있
다. 몸 아래 부분은 엷은 황갈색이고 얼굴부터 가슴까지 검은 줄이 있
으며 아랫배에서 아래 꼬리 덮깃까지는 붉다. 수컷은 머리끝이 검으
며, 머리 뒷부분은 붉은색이다. 암컷은 머리끝부터 뒷부분까지는 검
은색이다.

　　산란기는 5월 상순에서 7월 상순 사이이다. 숲에서 살며 나무줄기를 두드
려 구멍을 내어 긴 혀를 이용해 그 속에 있는 곤충의 애벌레를 잡아먹기도 하는데
곤충류, 거미류, 식물의 열매를 즐겨 먹는다.

큰 오색딱따구리 : 몸길이 28㎝

구별하기는 어려우나 오색딱따구리보다 약간 크고 부리가 길다. 배의 윗부분은 희고 아랫부분은 붉으며 가슴과 옆구리에는 검은색 세로줄 무늬가 있다. 등은 검고 흰색의 가로줄 무늬가 있으며 날 때 흰색 허리가 보인다. 암컷은 머리 꼭대기가 검고 수컷과 어린 새의 머리끝은 붉다.

노랑 할미새 : 몸길이 18㎝

할미새과에 속하는 여름철 새로 얄밉도록 잠시도 쉬지 않고 꼬리를 흔든다. 부리는 검고 배와 허리는 노랗다. 머리와 윗면은 푸른 회색이고 눈썹 선은 흰색이다. 깊은 계곡이나 호숫가에 살며, 날 때는 파도 모양의 큰 호를 그리며 꼬리를 위아래로 쉴 새 없이 흔들며 걸어다닌다. 지붕 틈, 암벽 틈, 벼랑, 돌담의 틈에 집을 짓고 곤충류나 그 애벌레, 거미 등을 먹는다.

어치 : 몸길이 33㎝

고양이 소리, 말똥가리나 매의 울음소리 등 다른 조율의 새들의 울음소리를 그럴 듯하게 흉내내는 까마귀과에 속하는 텃새다. 머리는 적갈색, 몸은 회갈색이며 시끄럽게 울기도 한다. 날 때는 허리와 날개의 흰 점이 뚜렷하게 보이는 산림성 조류이다. 도토리를 잘 먹는 까치와 같은 잡식성이다.

새는 오로지
날기 위해서 진화했다

푸른 창공을 마음껏 나는 새는 우리에게 무한한 가능성과 꿈을 안겨 준다. 중력을 벗어나 하늘을 날기 위해서 새의 몸은 비행에 잘 적응할 수 있도록 진화해 왔다고 한다. 그래서 몸체에 비해 비교적 작은 머리와 크고 넓고 강한 날개를 갖추게 되었다. 긴 꼬리 깃은 중심을 잡아 주고 마음 먹은 대로 비행하기 위해 매우 안정된 형태로 적응하고 변화했다.

새는 이빨이 없다. 새는 곤충류, 애벌레 등의 동물성 먹이와 곡류와 같은 에너지 발생률이 높은 식물성 먹이를 먹으며, 날기 위해 소화 속도가 무척 빠르다. 새의 뼈는 무게를 줄이기 위해 속이 비어 있어 가벼우면서도 매우 강하며 그물 모양의 뼈대를 이루어서 유지한다.

새의 몸 내부 기관도 몸무게를 가볍도록 하는 쪽으로 진화되었다. 포유동물이 몸 안의 자궁 속에서 태아를 키우는 것과는 달리 새의 암컷은 뱃속의 알이 성숙

하면 날기 위해서 지체 없이 알을 낳아 버린다고 한다.

　　새의 체온 역시 극한의 겨울 날씨나 기온이 뚝 떨어지는 몇 천 미터의 높은 하늘을 날기 위해, 또 극지 상공을 비행해야 하기 때문에 인간보다 훨씬 높은 섭씨 42도 이상을 유지하고 있다.

　　몇 가지 조류 도감을 참고해 새의 특징을 요약해 보았다. 그 덕분에 무심하게 보아 왔던 우리 집을 찾아오는 새들, 오로지 비행이라는 수단을 쓰는 새에 대해서 궁금증이 많이 풀렸다. 아는 만큼 보인다는 말이 정말 맞는 모양이다.

오직 인간만이 사치스럽고 화려하며 비싼 집에 살고 싶어할 뿐 새는 안전하고 편안한 곳에 둥지를 튼다.
그러나 새도 이왕이면 보기 좋고 근사한 집에 둥지를 틀면 좋겠다는 생각은 우리 인간들의 마음일까?

새의 아늑한 둥지 틀기

새의 종류에 따라 둥지를 트는 장소도 각양각색이다. 하지만 한 가지 확실한 것은 암컷이 주도권을 갖고 있다는 점이다.

흔히 볼 수 있는 박새의 경우를 보자. 박새는 수컷이 암컷을 데리고 이미 물색해 놓은 몇 군데 장소를 보여주러 다닌다고 한다. 암컷은 이 가운데서 가장 마음에 드는 한 곳을 골라 혼자 이끼 등을 물어다가 둥지를 튼다고 한다.

해마다 늦은 봄철이면 짚이나 깃털, 개의 털, 솜 같은 부드러운 것을 입에 물고 바쁘게 날아다니는 박새나 곤줄박이를 보곤 한다. 내가 만들어 놓은 새 살림집에서도 이렇게 둥지를 트는 모습을 지켜보기도 했지만 그게 암수 한 쌍이 힘을 합쳐 둥지를 트는지 암컷 혼자인지 알 수가 없었다. 다만 새가 떠난 후 새집 안의 둥지를 보면 마른 풀잎, 짚, 털 등으로 둥지를 아늑하게 꾸렸던 것을 알 수 있을 뿐이다.

오색딱따구리 등 딱따구리 종류는 수컷이 미리 몇 군데의 나무에 작은 구멍을 뚫어 놓고 암컷을 끌어들이는데, 그 중에서 암컷이 마음에 들어하는 작은 구멍을 암수가 힘을 합쳐 크게 넓힌 후 둥지를 튼다고 한다.

새들이 이렇게 튼 둥지는 뱀, 족제비, 들쥐나 초식 조류가 쉽게 찾지 못할 뿐만 아니라 비와 눈 그리고 직사광선을 피하기에도 알맞은 장소이다. 그러나 꼭 그렇지만도 않은 것 같다. 사람의 왕래는 물론 들쥐나 다람쥐가 많이 나오는 우리 집 길 옆의 낮은 바위 틈에 어느 날 곤줄박이가 둥지를 틀었다. 멍청하게 둥지를 튼 이 새 덕분에 우린 마음을 졸여 하루에 몇 번씩 들여다보아야 했다. 다행히 아무런 사고 없이 새끼들이 자라 어느 날엔가 날아가고 나서야 마음을 놓을 수 있었다.

멀리서 보면 보일 듯 말 듯 소곳이 큰 나무에 걸려 있는 새집은 말 그대로 한 폭의 그림이다.
나무와 덤불이 있어야 새들이 모여든다. 그래서 나무 속의 새집은 더욱 사랑스러워 보인다.

나무와 새의
아름다운 공생

가을철 작은 새들이 평소와는 달리 바쁘게 오가는 모습을 처음에는 무심하게 보았다. 그런데 자세히 관찰해 보니 나무 어딘가에 무엇을 숨기는 것 같았다. 조류 도감을 찾아보니 다 이유가 있었다. 새들도 월동 준비를 하는 것이었다.

쇠박새는 가을로 접어들면 먹이가 부족한 겨울철을 대비해서 나무의 옹이나 틈새 같은 곳에 나무의 씨앗이나 열매를 비축한다고 한다. 한 예로 도토리는 바깥 부분은 열매껍질, 내부에는 떡잎과 이 떡잎을 싸고 있는 씨껍질이 있는데, 야생 조류나 포유류는 이 떡잎을 먹고 영양을 섭취하기 때문에 종자나 열매의 입장에서는 다음 해 싹을 트게 할 떡잎 자체가 없어져서 종자의 살포 및 번식 기회를 잃게 된다.

야생 조류는 겨울철 식량난에 대비해서 이 열매나 씨앗을 저장하는데, 이것이 산새의 저장식이라고 한다. 쇠박새뿐만 아니라 곤줄박이도 구실잣밤나무의 열매를 한 알씩 물어다가 쓰러진 나무의 껍질 틈이나 바위 틈, 나무의 뿌리에 넣고 흙으로 덮는다. 도토리를 잘 먹는 어치는 땅바닥에 수북이 쌓인 낙엽을 치우고 입에 가득 넣어 운반한 도토리를 한 알 한 알 땅 속에 얕게 묻는다. 그리고 다시 낙엽으로 덮는다. 많을 때는 하루에 3, 4백 개씩, 한 계절에 4천 개 가량을 땅 속에 묻는다고 하니 어치의 노력에 박수를 보낼 따름이다.

진박새나 딱따구리 종류도 소나무나 가문비나무 등의 씨앗을 나무 구멍이나 나무 틈새에 숨긴다. 모두 다 험악한 겨울철을 대비한 대비책이다. 이 새들이 자기가 준비한 수많은 씨앗과 열매를 저장한 장소를 정확하게 기억하고 있다는 것은 참으로 감탄할 만한 일이다.

박새나 곤줄박이는 직선으로 수백 미터 이내의 행동권 안에서 씨앗이나 열매를 수집하고 그 범위 내의 적당한 곳에 월동 식량을 저장하지만, 어치와 같은 큰 새는 1킬로미터에서 수 킬로미터에 이르는 먼 곳까지 식량을 운반하여 비축하는 경우도 있다.

이 식량은 겨울을 지나 다음 해 봄까지 먹이로 사용된다. 하지만 이런 새들 중 일부는 겨울철에 죽는 경우가 있고 또 먹이를 숨겨 놓은 저장 장소를 잊어먹는 경우도 있어 남아 있는 씨앗과 열매가 다음 해 봄에 싹이 터 자라는 것이다. 이렇게 해서 소나무 씨앗처럼 날개가 없는 너도밤나무 씨앗이나 도토리 같은 견과는 번식을 위해 단순히 나무 밑으로 떨어지는 것을 훨씬 뛰어넘어서 분포 영역을 넓히는 것이다. 나무와 새의 아름다운 공생 관계라고도 할 수 있다.

PART 2

왜 산골로 왔느냐고
묻는다면

왜 시골에서 살까?

시골에 내려와 살다 보니 많은 사람들이 우리 집을 찾아온다. 또 가까운 친구 몇 명을 빼고는 한결같이 묻는 말이 있다. 왜 시골로 내려와 사느냐고 말이다. 한마디로 답변하기 곤란한 질문이다. 그러면 화가는 왜 그림을 그리고 사진작가는 왜 1년 열두 달 사진을 찍고 또 왜 작곡가는 작곡을 하고 왜 새집 짓는 목수는 열심히 새집을 짓는가 하는 질문이 머릿속을 오간다. 그러나 이 질문에 대한 답을 찾기 위해서는 까마득한 옛 시절로 돌아가야 한다.

어느 대학을 가야 할지 대학 진로를 결정할 때 사실 나는 크게 걱정하지 않았다. 법과대학, 미술대학, 농과대학 이 셋 중에서 맘만 먹으면 어디든지 갈 수 있었다. 평생을 법조계에 몸담고 계셨던 아버님은 형이 이미 법과대학에 다니고 있었기 때문에 나 역시도 당연히 법대에 진학하리라 믿으셨다. 비록 직접 말씀하시지는 않았지만.

우리 집도 이제는 세월의 때가 묻기 시작한다. 아래층 창고 벽면을 담쟁이덩굴이 반이나 뒤덮었고, 입구 통나무 계단도 세월의 흐름을 고스란히 받았다. 시골의 풍광에서는 낡은 것이 빛을 발한다.

그리고 나도 어려서부터 법조계 분위기에서 자란 탓에 기꺼이 지원할 생각이었다. 그런데 한편으로는 초등학교 때부터 그림을 즐겨 그렸던 나를 위해 유럽 여행을 다녀오실 때면 그 당시에는 구하기 힘든 유화물감과 붓 그리고 캔버스까지 사다 주셨던 아버님이신 만큼 내가 미술대학을 졸업하고 화가의 길을 간다고 해도 말리지 않으실 거라는 생각이 들기도 했다. 또 아주 막연한 얘기지만 농과대학을 졸업하고 시골에서 농장을 해보는 것은 어떻겠느냐는 얘기도 심심치 않게 나왔다. 3남 1녀 중 둘째 아들인 나에게는 재량권이 있었던 셈이다.

내가 고3이 된 지 얼마 안 되어 5.16 군사 쿠데타가 일어나고, 당시 검찰총장으로 계셨던 아버님은 군부에 의해 반혁명인사로 체포되었다. 우리 집도 헌병이 들이닥쳐 두 달 동안 연금 상태로 있었다. 그 살벌한 상황 속에서 어느 대학을 가야 하느냐는 문제도 되지 않았다. 5.16 군사 쿠데타가 대학 진로를 단숨에 결정했다. 그리고 화가의 길이나 농장 경영의 꿈은 한순간에 사라졌고 무조건 법과대학으로 가겠다는 마음뿐이었다.

그 후 서울 법대에 다니면서 나는 아마도 마이너리티minority 소수자, 국외자로서 주류에서 벗어난 내 나름의 세계를 구축하기 시작했던 것 같다. 시골에 내려가 농사 짓고 책을 읽으며 고고하게 살고 싶다는 생각은 몇 년 후 시골 같은 서울 변두리 지역의 어느 마당 넓은 집으로 옮겨 고시 준비를 하면서부터 싹트지 않았나 싶다.

더불어 책과 외국 잡지를 통해서, 무지개를 좇는 소년의 꿈이 조금씩 커가듯 막연한 이상 세계를 현실 속에서 어떻게든 찾아보려 노력하고 실험을 해보는 여러 과정을 겪으면서 몇 십 년 후 어느 날 갑자기 시골 생활을 시작했는지도 모르겠다.

산, 맑은 물, 청정한 공기 그렇지만 무엇보다도 남에게도 즐거움을 주며, 주류에서 벗어나 자유로운 삶을 추구하는 마이너리티로서의 생활이 우리 부부가 시골에 내려와 사는 진짜 이유라고 생각한다.

좋은 집터란?

산이 좋아 물이 좋아 시골 생활을 시작했지만 이곳에 터를 잡고 생활하는 동안에도 주위에서 대부분 반대의 뜻을 표했지, 진정으로 앞날을 축복해 주고 호응해 주는 이들은 거의 없었던 것 같다. 그저 우리 부부의 돌출 행동, 하나의 해프닝으로 여기고 얼마 못 가 다시 이삿짐을 싸서 서울로 돌아올 거라고 보고 있는 듯했다.

우리 부부는 서울 근교에서부터 시작해 등산과 오지 트레킹, 캠핑을 15년간 계속했다. 설악산에서 제주도의 한라산까지 웬만한 곳은 거의 다 돌아다녔지만 그 중에서도 우리는 특히 강원도의 산과 들판을 무척 좋아했고 또 자주 찾았다.

그 당시만 해도 강원도는 설악산이나 오대산 등 유명산을 제외하고는 거의 모든 지역이 오지나 다름없었고, 대학 산악반이나 전문 산꾼들만 찾던 말 그대로 한적하고 조용한 곳이었다. 지금처럼 경관이 수려한 곳이면 어김없이 펜션이 들어서는 그런 상황은 상상할 수도 없는 때였다.

그러다 보니 좋은 장소, 그것도 한적하면서 산과 계곡물이 맑고 공기가 좋은 세 박자를 갖춘 곳들이 우리 눈에 자연스럽게 들어오기 시작했다. 이런 곳에 터를 잡고 조용하게 살고 싶다는 생각을 매번 했지만, 자연 그대로의 상태를 우리가 침범해서도 안 될 것 같았다.

벤처 기업에서 일하던 시절, 나는 강남의 노른자위 땅을 사서 사옥을 짓고 안산에 공장을 지었다. 서울 시내 지도책을 보고 10년 후를 내다보면서 치밀한 계획하에 1년 동안 강남의 빈 땅을 뒤진 적이 있다. 그래서 회사에 알맞은 부지를 구입하고, 이 부지 땅값이 반 년 만에 열 배 이상 올라 다른 회사들의 부러움을 사기도 했다.

확실히 내 머릿속에는 공적인 일과 사적인 일이 철저하게 분리되어 있는 것 같다. 몇 백 억 규모의 회사 운영은 치밀하고 철저하게 해가면서 이에 비하면 푼돈에 지나지 않는 집안 살림은 도무지 자신이 없으니까. 회사 땅을 사서 공장 짓고 사옥 짓는 일은 어디까지나 회사 일일 뿐 여기에 개인적인 욕심이 끼어들 여지는 없다. 그리고 다른 모든 사람들도 이걸 당연한 듯 말하지만, 저 먼 옛날 중동 특수 때부터 몇 번 불어닥친 강남 부동산 투기 붐이 일 때마다 사실은 사적으로 개입해서 막대한 재산을 축적한 사람들이 적지 않았다. 월급쟁이 노릇하면서 돈을 벌 수 있는 기회이기 때문이다.

자연 속으로, 자연 속에서 생활하기 위해 시골에 땅을 사고 자기 집을 지어야 한다. 이건 확실히 개인의 선호가 따르는 사적인 일에 속하지만, 정보나 미리 조사한 자료가 막상 좋은 터를 결정할 때는 무용지물로 변하는 경우가 많다. 더군다나 대자연 속에서 우리는 단지 마이너리티일 뿐이라는 생각에 젖어 있는 우리 부부에게는 냉철한 머리보다는 감정이 앞선다.

좋은 집터란 무엇일까? 맑은 공기, 깨끗한 물, 청정한 땅 이 세 가지가 절대

조건이란 것은 누구나 다 안다. 여기에 수려한 경관과 한적한 오지성이 가미된다면 우리 입장에서는 완벽한 다섯 박자 조건이 갖추어진 셈이다. 하지만 주류 majority 에 속하는 사람들은 '향후 투자 가치가 있느냐'라는 관점에서 집터 고르기를 시작하리란 생각이 든다.

우리 부부는 자연 속에서 살겠다는 단순한 생각 하나에 빠져 결정을 내렸고 지금도 후회하지 않고 잘 살고 있다. 선택은 각자가 마음 먹기에 달려 있다. 그러나 여러 가지 조건이 있다고 해도 자기가 마음을 붙이고 평안한 마음으로, 즐겁게 계속 사랑해 가며 살 수 있는 땅이 가장 좋은 터가 아닐까 생각한다. 결국 좋은 집터란 아주 주관적일 수밖에 없다.

오붓한 시골 생활을 꿈꾸며

공방 앞 자그마한 노천 마당에는 금속 조각 작품 서너 점이 놓여 있다. 우람한 나무가 그늘을 드리운 아담한 공방 한쪽은 작업실, 나머지는 전시 공간이다.

　　침엽수 울타리를 나서면 소담한 미술관이 얼굴을 내민다. 소박하나 멋진 디자인의 건물, 그 안으로 들어가니 20여 점의 그림과 그래픽 포스터가 몇 점 걸려 있다.

　　숲길을 따라 잠시 걸어가다 보면 나무마다 새집이 걸려 있고, 나무로 된 건물 벽에는 판재 조각을 이용한 모자이크 조각 작품 같은 크고 작은 새집이 걸려 있다. 여기저기서 크고 작은 차임chime 들이 바람에 흔들리며 아름다운 소리를 들려준다. 전시 건물 안으로 들어서면 백여 개의 새집이 찾는 이를 반기며, 다양한 디자인의 차임과 뮤직 박스가 사람들의 눈길을 사로잡는다.

　　듣고 볼 거리는 계속 이어진다. 허브 전시장과 자수 박물관이 조용한 숲속에 자리잡고 있다. 그 바로 옆에는 한지 공예 박물관이 있고 차를 마실 수 있는 작은 정원이 소곳이 자리잡고 있다.

수목 사이로 난 오솔길을 따라가다 보면 사진 갤러리가 시선을 잡아끈다. 이곳에는 영상과 오디오를 깊이 있게 보고 들을 수 있는 감상실이 또 있다. 봄부터 가을까지 꽃을 감상하고 가을 낙엽을 즐기며 하루를 만끽할 수 있는 오붓한 시설이 골고루 갖추어져 있다.

오솔길을 따라 나지막한 언덕길을 계속 오르면 산기슭 이부 능선쯤 되는 곳에 펜션이 있다. 품위가 있는 숙박 시설이어서 하루나 이틀쯤 묵고 가기에 좋다.

예술가와 장인 그리고 자연을 사랑하는 사람들이 모여 전시장, 박물관, 작업장을 꾸리고 깔끔한 펜션을 운영하며 살아가는 이 산골 마을을 보면 반하지 않을 수 없다. 그런 삶의 모습을 그리던 우리 부부도 망설임 없이 이 산골 마을로 들어왔다. 그러나 시간이 흐르면서 계획은 계획, 꿈은 어디까지나 꿈으로 끝날 뿐이었다. 그래서 우리 부부는 우리끼리 열심히 살기로 했다.

공간과 시간을 이용하여 예술과 자연의 조화 속에서 노년의 삶을 의미 있게 보내는 것이 우리 부부의 꿈이었다.

캐나다의 밴쿠버 섬과 본토 사이에는 크고 작은 섬들이 많이 있다. 여름에는 특히 날씨가 좋아 많은 관광객들이 모여든다. 본토와 이 섬들 사이에는 페리가 다닌다.

작은 섬에는 부호들의 별장도 있지만 작은 갤러리와 공방이 이마를 맞대고 옹기종기 모여 있어 하루나 이틀쯤은 찾아가서 쉬기에도 좋은 곳이다. 미국 원주민의 문양을 새긴 공예품과 조각품도 많고 그림도 그려 판다. 말하자면 예술가들이 모여 작품을 제작하고 관광객도 상대해 가며 유유자적하게 지내는 곳이다. 공예품, 사진, 조각, 회화 등 여러 분야의 작품을 골고루 만날 수 있다. 아주 수준이 높은 작품 같지는 않으나 구경하기에 별 부담이 없고 그곳 사람들의 여유 있는 삶의 방식을 조금 배워 갈 수 있게 하는 곳이다.

　가도 가도 끝이 없는 쭉 뻗은 도로를 달리다 보면 인가가 가끔씩 나타난다. 흰 칠을 한 벽에 빨갛고 파란 창틀이 눈에 띈다. 울타리 안쪽으로는 커다란 창고가 보이고 트랙터와 녹슨 자전거도 보인다. 형형색색의 세탁물이 바람에 나부끼는 가운데 군데군데 예쁘게 색칠한 새집들이 내 눈을 번쩍 뜨이게 한다. 앙증맞게 걸려 있는 새집의 모습이 끝없이 펼쳐진 평원 속에 자리매김하고 있다. 미국과 캐나다를 여행하면서 흔히 볼 수 있는 풍경이다.

개와 얘기를 나누고 자수 놓기 삼매경에 빠지며 자그마한 화단에서 자라는 산딸기에도 관심을 기울이는
소박하고 단순한 삶이 시골 생활이다.

집은 어떻게 지어야 할까?

오지란 사전적 의미로는 '해안이나 도시에서 멀리 떨어져 내륙에 있는 땅'을 뜻한다. 문득 이제 좁은 한국 땅에서 오지가 존재할까 의문이 생긴다. 화전을 일구고 약초를 캐며 독립적인 삶을 일구었던 화전민들이 살던 산중 깊은 곳이 그 대표적인 예가 되겠지만, 풍광이 수려한 곳에 이르는 좁은 산골길이 조금 넓혀지고 포장이 되면서 펜션이 들어차다 보면 어느 날 오지의 생명도 끝나게 될 것이다.

홍정계곡 역시 70년대 초반까지는 몇 가구의 화전민만 살던 오지 중의 오지였다. 현리에서 방태산 앞을 지나 몇 십 리 길을 올라가면 아름다운 진동계곡이 나오고 계속해서 곰배령에 이르는 산골길이 이어졌다. 이제는 한국의 대표적인 오지였던, 그래서 부지런한 이들만이 찾았던 곰배령 초입까지 매끈하게 아스팔트로 포장되면서 수려한 풍광의 훌륭한 드라이브 코스로 바뀌었다.

오래 전부터 이곳을 찾았던 사람들은 포장도로를 끼고 간간이 들어선 펜션과 카페에 어리둥절한 표정을 지을 것이란 생각이 든다. 그래서 이제는 시대 상황에 따라 오지의 개념도 변했고 그저 한적하고 조용한 곳, 사람의 왕래가 조금 뜸한 곳이 오지 같은 시골이라고 생각한다.

물 맑고 공기 청정한 조금은 한적한 곳에 터를 잡고 살아간다고 하면 과연 집은 어떻게 지어야 할까? 우리보다 시대를 앞서 살아간 이들의 생각을 정리해 본다.

"내가 행복의 보금자리를 지으려 할 때, 자연만이 그 건축가가 될 수 있다. 자연은 웅장한 집보다는 편리한 집을 지을 것이다. 그리고 분명히 그 자리로 시골을 고를 것이다."

2천 년 전 고대 로마의 시인인 호라티우스가 한 말이다.

또한 귀농을 꿈꾸던 이 땅의 지식인들에게 큰 영향을 미쳤던 스코트 니어링*은 집 짓기에 관한 책을 많이 읽고 손수 지은 경험을 바탕으로 집 짓기에 관한 몇 가지 조건을 제시했다. 그의 집 짓기 철학을 엿볼 수 있는 대목이다.

첫째, 모양과 기능을 모두 따져서 집의 구조를 결정해야 한다. 집의 안정감과 조화는 겉모습에서 나오는 것이 아니다. 그것은 집의 가장 깊은 본질에서 나온다. 미국의 저명한 건축가인 라이트Frank Lloyd Wright 는 "나는 어떤 집이 정말로 쓸모에 따라 잘 설계되고 저마다의 공간이 제대로 배치되어 있다면 그림 같은 모습이 자연스럽게 드러난다고 굳게 믿고 있다."고 말했다.

둘째, 집은 둘레와 조화를 이루어야 한다. 집은 마땅히 둘레 환경과 하나가 되고 따로 떼어 놓을 수 없는 것이어야 한다. 그래서 그곳을 둘러보는 사람이 어디서 주변 경관이 끝나고 어디서부터 집이 시작되는지 구분하기 어려워 다시 한 번 쳐다볼 정도가 되어야 한다.

『잉글랜드의 시골집』이란 책을 쓴 딕Stewart Dick 은 이렇게 묘사했다. "오래된 시골집은 자기를 내세우지 않는다. 시골집은 둘레 환경을 지배하지 않으며 그 일

부가 되는 것에 만족한다. 어떤 사람이 시골집이 가진 수수한 아름다움에 특별히 관심이 없어 무심히 지나쳐도 그만이다. 그러나 요새 집들은 우리의 눈길을 막무가내로 끌어당긴다. 대저택은 높은 땅에 올라앉아 시골의 넓은 땅을 호령하며 멀리서도 눈에 띈다. 하지만 오래된 시골집은 그늘진 골짜기에 아늑하게 자리잡기를 좋아한다. 나무가 집 가까이에 벗처럼 다정하게 자라고 있으며, 조금 떨어진 곳에서 보면 동그랗게 피어오르는 연기만이 그곳에 집이 있음을 알려준다."

그리고 라이트는 이렇게 말하기도 했다. "자연 경관이 빼어난 곳이라면 집은 그 자리에서 가장 자연스럽게 자연의 일부로 자라난 것처럼 보여야 하고, 둘레 환경과 어울리는 모습을 가져야 한다."

셋째, 집은 가급적 그 고장에서 나는 재료를 써서 짓는 것이 좋다.

넷째, 집의 생김새는 거기에 사는 사람을 표현해야 하고, 그 집으로 집주인을 알 수 있어야 한다. 키플링은 "집은 그곳에 사는 사람의 진실한 모습을 말해 준다."고 한 문장으로 압축했다.

옛 조상들이 즐겨 짓고 살았던 기와집이나 초가집 그리고 산골 마을의 귀틀집은 이제 거의 사라져 가고 있으며, 서양식의 양옥과 목조 주택이 일반적인 시골 주거 형태로 자리잡기 시작했다. 목재의 90퍼센트를 수입하는 우리의 현실에서는 자기 고장에서 나는 재료를 써서 집을 짓는다는 것은 거의 불가능한 일이다.

산골 동네에서 행해지고 있는 집 짓기 현실을 돌아보면 스코트 니어링의 명쾌한 지적을 뒤집어 이해하고 있는 듯하다. 집의 안정감과 조화보다는 겉치레에 온 힘을 쏟아붓거나 사람들의 눈길을 억지로 끌려고 하는 집, 주위 환경과 전혀 어울리지 않는 국적 불명의 목조 주택과 카페 건물, 한적한 시골에 과연 이러한 집들이 계속 들어서야 하는지 반문해 본다. 흔히 외국 엽서에서 보는 그림 같은 집은 주위의 풍광과 잘 어울려서 나온 결과물임을 사람들은 잘 모르고 있는 것 같다.

마이너리티로서 시골 생활을 하기 위해서는 생태계의 파괴를 최소한으로 줄이는 집을 짓고 특히 살림집은 가급적 작게 짓고, 시골 생활에서 주가 되는 자기의 작업 활동을 위한 공간을 더 크게 가져야 한다고 생각한다. 게다가 겨울철에 어떻게 즐겁게 노동하며 창조적인 활동을 하느냐가 시골 생활의 승패를 좌우한다고 믿는 우리이기에 작업 공간, 전시 공간은 살림집보다 훨씬 넉넉하게 마련하는 것이 도리라고 이제 와서 뼈저리게 느낀다.

집 짓기에는 왕도가 없다. 자기가 추구하는 삶에 맞는 집, 겨울에는 따뜻하고 여름에는 시원하며, 있는 듯 없는 듯 주위 풍광에 조용히 파묻혀 있는 집이 아름다운 집이라고 생각한다.

"사람이 집을 짓는 것은 새가 둥지를 트는 것과 큰 차이가 없다. 만일 사람이 자기 손으로 집을 지어 단순하고 정직하게 식구들을 먹여 살린다면, 새가 그런 일을 하면서 언제나 노래하듯이 사람도 시심이 깊어지지 않겠는가. 그러나, 아! 우리는 찌르레기나 뻐꾸기처럼 다른 새의 둥지에 알을 낳고 산다."

헨리 소로Henry Thoreau 가 그의 저서 『월든Walden』에서 한 말을 다시 인용해 본다.

아름다우면서 좀 투박스러운 구석이 있는 새집을 만든다. 자발적이며 섬세한 노동의 결과로 세상에 태어난
이 새집을 그래서 더 좋아하는지 모르겠다.

우리 둥지 이야기

농원 안 산기슭에 자리잡고 있는 우리 집은 고도가 해발 700미터쯤 된다. 동쪽이 산자락 사이로 낮게 뚫려 있고, 남쪽과 북쪽 그리고 서쪽이 모두 높은 산으로 둘러싸여 있다. 900미터에서 1,300미터쯤 되는 산이 병풍처럼 우리 집을 감싸고 있지만 답답하지 않을 정도로 거리를 두고 있어 막혀 있다는 느낌은 들지 않는다.

산이 병풍처럼 둘러쳐진 사이로 30리가 넘는 계곡이 이어지고 산기슭 좁은 땅에 간간이 집들이 나지막하게 자리잡고 있다. 4년 전만 해도 처와 함께 개 두 마리를 끌고 아침 산책길에 나서 계곡을 거슬러 올라가면 바위 사이에서 새끼들을 데리고 노니는 원앙새 가족을 만날 수 있었다. 수량이 풍부한 계곡물에서는 산천어와 열목어 떼를 쉽게 볼 수 있었는데, 홍정계곡에 오래 살았던 노인네들의 얘기로는 옛날에는 한 번에 산천어와 열목어를 한 양동이씩 잡았다고 한다.

과거의 아름다운 추억이 다 과장되게 마련이라고 쳐도 사람의 손이 덜 탔던 것만큼은 확실한 얘기다. 맑고 찬 물은 한여름에도 발을 담그면 30초를 견디기가 어려웠다. 흰 거품을 내며 흘러 내려가는 모습은 매일 봐도 가슴 시원한 광경이다.

우린 농원 안의 산기슭에 집 한 채 지을 만한 땅을 구입하고 산자락 이부 능선쯤에 집을 지었다. 경사도가 상당해서 축대를 쌓거나 옹벽을 쳐야 하는 곳이었지만 주위 환경과의 조화를 고려해서 기둥을 세우고 그 위에 콘크리트 슬래브를 치기로 했다.

내 평생 처음 갖는 시골집이라 웅대한 계획도 여러 차례 세워 보았지만, 결국 우리 두 식구가 따뜻하고 편안하게 살 수 있으면 족하다는 생각에 따랐다.

집 주위에는 20, 30년은 됨직한 신갈나무와 낙엽송이 하늘을 가릴 정도로 잘 자라 있고 여름철의 한낮 따가운 햇볕도 이 나무들이 막아 줄 터였다.

집의 구조는 간단하다. 방 두 개에 널따란 거실 겸 부엌, 화장실 둘, 커다란 창문 정도이다. 아침이면 넓은 창문을 통해서 햇빛이 쏟아져 들어오고 앞산의 울창한 숲도 바라본다.

시골에서 몇 년을 살아 보고 새집을 지으면서 집에 대한 우리의 생각이 얼마나 순진했었나 깨달았다. 하지만 아직까지도 우리 부부는 홍정계곡과 많은 새들이 찾아오는 우리의 자그마한 보금자리를 아주 좋아한다.

우리 집을 포함해 네 채의 살림집을 경사진 비탈에 짓는 일은 쉬운 작업이 아니었다. 경사진 면을 수직으로 깎아 내어 축대를 쌓거나 옹벽을 친다면 작업이 조금 더 쉽겠지만 미관상으로는 보기가 좋지 않다. 더군다나 경사면의 흙이 비가 올 때 물을 잔뜩 머금으면 축대가 붕괴될 우려가 있다. 결국 둥근 콘크리트 기둥을 세우고 그 위에다 콘크리트 슬래브를 쳐서 집을 짓기 시작했다. 훨씬 보기도 깨끗하고 자연의 파괴도 최소한으로 줄일 수 있었다.

길도 없는 곳에 새 흙길을 내며 진행하는 공사라 첫 공정은 더디었으나 그

런대로 차차 집 모습을 갖춰 나가기 시작했다. 그런데 한 달 반에서 두 달이면 된다는 집이 지붕을 씌우고 겉모습을 갖춘 시점에서 공사가 자꾸 중단되었다. 영문을 알 수 없는 우리는 그저 기다릴 수밖에 없었다. 나중에 알고 보니 우리 집을 짓는 건설사 사장이 미리 받은 돈을 자기 집 짓는 데 쓰는 바람에 다음 공정의 자재 값이며 목수 인건비를 주지 못해 일어난 해프닝이었다.

전원주택 붐이 일기 전의 일이었으니 마땅한 자재도 구하기 힘들었고 기술 역시 형편없는 수준이었다. 그나마 우리 집이 그 당시 평창군에서 가장 잘 지은 집이었다니 그걸로 만족할 수밖에 없었다.

30여 년 전 도목수(대목) 한 명과 둘이서 35평짜리 이층집을 지은 적이 있다. 결혼하기 한 해 전이었던 것 같은데, 아버님이 사주신 대지 60평짜리 땅에다 이 땅을 담보로 주택 자금을 융자 받아 집을 짓기로 한 것이다. 지금 생각해 보면 조금 황당한 일이었지만, 그렇게 겁도 없이 이 일을 시작했다.

건축 허가 도면은 30평짜리 표준 설계도면으로 내고, 실제로는 건축과를 졸업한 뒤 실내 디자인과 가구를 만드는 친구 형님이 그려 준 엉성한 입면도와 평면도만 달랑 들고 집을 짓기 시작했다. 경험이 그리 많지 않은 젊은 대목과 상의해 가면서 공사를 진행했다. 나는 매일 을지로 건재상을 뒤져 필요한 자재를 사오고, 젊은 대목은 하루 전날 다음 공정에 필요한 자재를 미리 뽑고 함께 공사 일정을 점검하곤 했다. 아버님은 2, 3일에 한 번씩 현장에 나와 보셨지만 집 짓는 일에 대해서는 일체 관여하시지 않았다. 말하자면 독학하는 젊은 대목과 젊은 주인의 공사였다. 내가 결혼해서 살 집인 만큼 내 손으로 직접 짓고 싶었다.

경사진 콘크리트 슬래브 지붕을 씌움으로써 외곽 골조를 완성하고 나면 공사의 60퍼센트는 끝난 셈인데, 그때부터 우리 젊은 대목 아저씨의 실수가 나오기 시작했다. 깊지도 않은 지하실에 제물 방수를 제대로 하지 않아 공사 중에도 비가 왔다 하면 물이 차는 것이었다. 뜯어내고 방수 처리를 해도 처음부터 제대로 하지 않은 탓에 계속 물이 새어들었다.

어느 날엔 자재를 사들고 들어오다 보니 목욕탕과 화장실의 바닥이 마룻바닥보다 한 뼘이나 높아져 있고 화장실의 천장이 하늘 끝까지 올라가 있는 게 아닌가. 며칠을 바닥을 파내고 목욕탕과 화장실의 천장도 낮추었다. 그뿐만이 아니다. 문 손잡이의 안쪽과 바깥쪽을 바꿔 다는가 하면 계속 실수를 저질렀다. 시행착오를 거치며 결국 6개월 만에 내 보금자리는 완성되었다.

남향 거실 앞면은 커다란 통유리를 끼워 시원스럽게 마당을 볼 수 있게 했고, 거실과 방의 천장은 조금 높게 처리했다. 커다란 현관문은 테두리를 까맣게 칠하고 새빨간 레자를 붙였다. 지붕은 까만 기와를 얹었다. 짓고 나서 보니 무척 현대적인 감각이 풍기는 집이었고, 그 당시로서는 아주 파격적인 구조와 외관이었다.

집을 다 짓고 난 어느 날 휴가를 갔다와서 보니 앞마당이 너무 훤한 게 조금

이상했다. 며칠 전 내린 비로 3미터 높이의 축대가 무너져 내린 것이었다. 축대 쌓는 아저씨들이 부실 공사를 한 탓이었다. 그 바람에 여름 장마철이면 지하실 물 퍼내기에 바빴다. 그래도 다행인 것은 비가 새는 구석은 한 군데도 없었다.

집 짓기에서 배운 것이 몇 가지 있어 적어 본다.

첫째는 전문가라 해도 집 짓는 목수를 100퍼센트 믿지 말라는 것이다. 원숭이도 나무에서 떨어진다는 격언을 잊어서는 안 된다.

둘째는 아는 것이 힘이다.

셋째는 다섯 평짜리 오두막을 지어도 철저한 설계도가 있어야 한다. 주먹구구식은 안 통한다.

마지막으로는 목수를 신중하게 선택하고 전문가에게 조언을 구한다. 또한 전부를 맡겨 아예 관여를 하지 않든지, 아니면 자기가 감독을 맡아서 일일이 챙기든지 둘 중 하나를 선택해야 한다.

30여 년이 지난 지금도 가끔 그때 집 짓던 일을 생각하면 나도 모르게 웃음이 나오지만, 젊은 도목수와 함께 새참으로 마시던 막걸리 한잔과 두부 한 모의 맛은 아직까지도 항상 군침을 돌게 만든다.

세상의 쓴 맛 단 맛을 다 맛보고, 좋은 것 나쁜 것을 다 겪어 본 우리 부부 역시 치밀한 계획을 세우고 냉정하게 따져 보기보다는 흥분에 겨워 집을 지었던 것이 사실이다. 자연미가 고스란히 살아 있는 숲속 한 귀퉁이에 우리가 살 아담한 집을 짓는다고 생각하니 감정이 앞서는 것은 어쩔 수 없는 일이었다. 우리가 항상 꿈꾸었던 것처럼 굵고 큰 나무들이 집 주위를 둘러싸고 있고 앞으로는 탁 트인 풍광이 펼쳐져 있으니 가슴이 다 후련했다. 게다가 집 네 채를 한꺼번에 지으니 경비도 많이 절약되는 셈이었다. 농장주가 전체 집 짓는 일을 총괄하고 자그마한 회사가 시공을 맡았다.

시행착오를 겪으면서 지은 우리 집이지만 꾹 참고 살다 보니 정이 들었다. 주변의 풍광이 집 지을 때 저지른
실수를 너그럽게 품어 주는 것 같다.

말썽도 많았고 완공 시기도 지연되었지만 우리 부부는 일체 집 짓는 일에는 간섭하지 않기로 했다. 우리가 현장 부근에 사는 것도 아니고 일주일이나 열흘 정도에 한 번씩 서울에서 내려와서 보는 것이니 이래라 저래라 감독할 형편도 아니었다. 설계도는 핀란드의 조립식 주택 가운데서 평수가 제일 작은 것으로 골랐고, 시공을 맡은 회사가 수출하는 목재로 내부를 마감하기로 했다. 공사 중에 몇 번 현장을 가보았는데 꼭 돼지우리처럼 지저분하고 무질서했다. 그날그날 치우면서 작업을 하면 될 터인데 조금도 정리하지 않고 계속하기 때문이었다.

어쨌든 반 년 가까이 걸려 집 네 채가 완성되었다. 입주하고 나서 첫 여름 장마 때 이틀 사이로 5백 밀리가 넘는 폭우가 쏟아졌다. 다행히 비 한 방울 새는 곳이 없었고 경사진 언덕이 물에 젖어 흙이 쏟아져 내리는 일도 전혀 없었으니 그런대로 됐다는 생각이 들었다. 미세한 부분의 하자는 모두 내 손으로 처리했다. 영하 30도가 넘는 한파가 5일간 계속되었을 때도 수도나 하수도가 조금도 얼지 않았다는 사실이 어떤 때는 기특하게 여겨지기도 했다.

그렇지만 시골에 집을 지으면서 얻은 결론은 이렇다.

첫째, 시골에서 전원주택을 많이 지었다는 작은 건설 회사 사장을 믿어서는 안 된다.

둘째, 유능하고 능숙한 목수를 100퍼센트 신뢰해서는 안 된다. 간혹 눈에 안 띄는 곳을 엉뚱한 자재로 처리하거나 일을 대충대충 처리하는 버릇이 있다.

셋째, 역시 많이 아는 것이 힘이며 상식이 힘이다. 아마추어의 눈이 넓은 시야를 갖는다.

넷째, 공사 첫날부터 하루의 일이 끝나면 주변 정리를 끝내도록 강제로라도 시켜야 한다. 자재의 낭비를 막기 위해서도 이렇게 해야 한다.

마지막으로 자기가 살 집이라면 직접 나서서 감독을 한다. 건축가에게 설계를 의뢰하고 믿을 만한 목수를 선정하고 전기·난방·위생 설비를 할 업자를 직접 골라 감독을 해야 한다.

홍정계곡에 자리한 우리 둥지는 꿋꿋하게 서 있다. 그리고 이 둥지를 지으면서 우리 부부는 많은 것을 배웠고, 그건 처음 집을 지을 때부터 지금까지 시골 생활의 중요한 한 기둥으로 믿음직스럽게 우리를 지켜주고 있다.

그래도 우리가 다행스럽게 여기는 것은 단열이 잘 되어 겨울에도 따뜻하게 지내며 반대로 여름에는 시원하게 지낼 수 있다는 것이다. 또한 생태계의 훼손을 최소한으로 줄이고 주위 환경과 잘 어울리는 집이라는 점이다.

자연이 만들어 내는 얘기

겨울은 뜸하지만 봄부터 늦가을까지 꽤 많은 손님들이 우리 집을 찾아온다. 가까운 친구들, 처의 학교 동창, 우리 부부의 친구의 친구들, 주로 남자보다는 여자 손님이 훨씬 많다. 서울 생활을 집어치우고 시골로, 그것도 강원도 산골 마을로 내려가 산다는 게 호기심을 자극하고 관심을 불러일으킨 모양이었다.

하루나 이틀 묵고 가는 친구 부부들도 있고, 아침 일찍 와서 몇 시간 놀다가 돌아가는 이들도 많았다. 공짜로 밥 주고 술 주고 재워 주고 말 상대해 주며 접대하는 게 우리 부부의 일이었다. 손님 입장에서는 짐짓 황송해하는 경우도 꽤 있었지만 우리로서는 항상 즐거운 행사였다.

손님들이 가장 좋아한 것은 우리 집의 마당 격인 넓은 데크에서 나무 그늘 아래 점심을 먹거나 차를 마시는 일이었다. 우리가 보기에 그들은 팔자가 좋아 이런 경치 좋은 곳에 별장을 짓고 유유자적하게 살고 있으니 얼마나 행복하냐 하는

표정이었지만 그 뒷면에는 돈이 많으니까 가능한 일 아니겠냐는 말 없는 뜻이 담겨 있는 것 같기도 했다. 다른 한편으로는 이런 오지나 다름없는 곳에서 무엇으로 소일하며 매일매일 기나긴 하루를 지내는지 몹시 궁금해하는 것도 같았다.

사람들이 찾아오면 우리는 항상 하던 일을 멈추고 손님 접대에 열성을 다한다. 말동무 노릇도 하고 먹을 것도 준비하며 항상 즐겁게 맞이하니 매번 처음 찾아오는 이들의 눈에는 우리 부부가 한가롭게 보일 수밖에 없다.

가까운 친구들을 제외하고 대다수의 손님들은 여기 땅이 한 평에 얼마씩 하느냐는 질문부터 시작한다. 왜 강원도 산골로 들어왔냐고 물으면, 우린 강원도가 좋아서라고 대답한다. 이렇게 집을 짓고 꾸미고 살려면 돈이 얼마나 들겠냐고 물으면, 당신들이 사는 서울의 큰 아파트를 조금 줄이거나 타고 다니는 고급 승용차를 팔 정도면 된다고 대답한다. 찾아오는 사람들이 많아서 귀찮지 않느냐는 물음에는 물어 보는 사람들 자체가 웅변적인 답을 제시해서 우리는 그냥 웃음으로 대신한다. 밤에 둘이 있으려면 무섭지 않느냐는 물음에는 처음 한동안 우리도 꽤 무서웠으나 지금은 익숙해서 괜찮다고 하며 또 웃는다.

아닌 게 아니라 처음 몇 달간은 밤마다 깜짝깜짝 놀란 적이 많았다. 한여름이면 반딧불이가 날아다니고 하늘에는 하도 별이 많아 금방이라도 쏟아질 듯했다. 흐르는 계곡물 소리가 너무 웅장해서 귀가 멍멍해지기도 했다.

주위에는 온통 산뿐이고 인가가 거의 없어 밤이면 적막강산이 되는 곳이 우리가 사는 산골 마을이다. 하늘에는 별이 총총히 떠 있어도 한 치 앞이 보이지 않는다. 마치 까만색 페인트를 칠한 벽이 사방을 가로막고 있는 듯하다. 이런 밤의 어둠에 익숙해지는 데는 상당한 시일이 걸렸다. 해가 지면, 그래서 저녁을 먹고 나면 다니는 차도 없고 오가는 사람도 없는 게 이 산골 마을의 밤 풍경이었다.

홍정계곡 입구에 들어섰다. 칠흑을 사방에 바른 듯 깜깜하기만 하다. 자동차 전조등이 뻗어 나간 곳에 뭔가가 움직이고 있었다. 좀 더 다가가니 산토끼 한 마리가 불빛에 어리둥절한 듯 앉아 있었다. 전조등을 껐다. 다시 전조등을 켜고 차를 조용히 몰았으나 산토끼는 그대로 우리 앞을 달리고 있었다. 전조등을 다시 껐다 켜보니 상황은 조금도 달라지지 않았다. 한 10분쯤 산토끼 앞을 비춰 주며 따라갔다. 산모퉁이를 돌았을 때 산토끼는 어디론가 사라지고 없었다.

산토끼와의 우연한 조우. 캄캄한 한밤중 산속. 계곡 속의 한 줄기 좁은 도로. 여기에서 모티브를 잡아 우리 딸애의 그림책 『토끼의 복수』를 만들었고, 2002년 4월 이탈리아에서 열린 볼로냐 국제 아동 도서전 논픽션 부문에 이 책의 그림이 선정되었다. 오지 속에서 하나의 작품이 탄생하는 계기가 되었다.

사람들이 살아가는 방식은 아주 다채롭다. 도시에서 사람들과 부대끼며 하루하루 바쁘게 살아가는 것이 맹렬한 삶이라고 생각하는 이들도 있다. 그런가 하면 오지 산골 마을에 들어가 그림 그리고 책 읽고 명상에 잠기며 손바닥만한 밭뙈기에 농사 지으며 만족스럽게 살기도 한다. 또 나처럼 새들과 놀며 새집 짓기에 몰두하는 사람도 있다.

우리는 시골 생활을 누구에게나 함부로 권하지 않는다. 발상의 전환 없이 도시 생활에 젖은 버릇 그대로 갖고, 어울리지 않는 커다란 저택부터 짓고 살아 봐야 몇 달을 버티기 어렵다. 그렇지만 번잡함에서 벗어나 다른 생각도 해보고 이름 없는 풀꽃과 새들을 만나고 우거진 수풀 속을 거닐어 볼 필요도 있지 않나 하는 생각이 든다.

새집 짓는 목수의
직장 생활 이야기

사회 생활이란 사람들이 모여서 질서를 지키며 살아가는 공동 생활이라 할 수 있다. 그 중에서도 직장 생활은 학교를 졸업하고 나서 누구나 첫발을 내딛는 가장 중요한 공동 생활일 것이다. 한 사람의 인생의 절반 이상을 차지하고 어쩌면 평생의 삶을 좌우지하는 중대사라고 생각할 수 있다. 물론 미국이나 유럽에서는 은퇴한 후 자원 봉사 활동을 하며 노년의 베푸는 삶 속에서 제2의 인생을 구가하는 이들이 많지만, 우리의 현실에서는 직장을 그만둔 후 이런 만족스러운 사회 생활을 영위한다는 것은 참 어려운 일이라는 생각이 든다.

난 통신사의 외신 기자로 사회 생활에 첫발을 내딛었다. 내 평생의 삶에서 기자 생활이 그리 긴 기간은 아니었으나 나에게 큰 영향을 끼쳤기에 그 후의 직장 생활과는 뚜렷하게 구분하여 몇 가지 이야기를 적어 보려 한다.

언젠가 한적한 포구의 여관방에서 곤한 잠에 빠져 있는데 쿵쿵 문 두드리는

소리가 요란하게 들려왔다. 이 한밤중에 누가 날 찾아왔을까 의아해하며 문을 열었다. 형사처럼 보이는 두 사나이가 임검 좀 하겠다면서 방 안으로 성큼 들어섰다.

"신분증 좀 봅시다."

거침없이 말하는 태도에 난 속으로 욕을 중얼거리며 기자증을 내보였다. 그러자 금방 공손한 태도를 보이며 미안해했다.

"내가 간첩처럼 보입니까?"

그 말을 하며 난 방문을 닫고 다시 꿈속을 헤맨다.

합동 통신사 외신부 기자로 수습 딱지를 떼어 내고 나서 처음 얻은 여름 휴가 때 남해안 일대를 혼자 돌아다니다가 겪은 일이다. 작은 배낭 하나를 메고 등산화를 신은 내 모습이 꼭 남파 간첩처럼 보이지는 않았을 텐데 하필이면 당시 한참 간첩이 출몰한다는 남해안을 택한 것이다.

지금 오십이 넘은 세대는 학창 시절에 한 번쯤은 부산항을 떠나 목포까지 가는 연락선을 타본 경험이 있을 것이다. 지금이야 초현대적인 쾌속선이 세 시간이면 이 항로를 시원스럽게 주파하지만, 당시 확성기로 구성진 가락의 유행가를 틀어 주던 연락선은 남해 다도해 해협을 거제도와 통영, 여수를 거쳐 목포까지 열다섯 시간 이상이나 걸렸다. 태풍은 물론 폭풍 주의보만 내려도, 또 파도만 조금 높아도 떠나지 못하고 연락선 갑판 위에서 마른 오징어와 김밥을 안주 삼아 소주를 마시던 낭만 어린 유람선인 셈이었다.

어쨌든 가는 곳마다 불심 검문에 걸리고 매일 밤 통금 시간이 넘으면 경찰들이 내 방문을 두드려 댔지만, 아마도 이 여행이 때 묻지 않은 소박한 자연을 즐겨 찾는 내 배낭여행의 시작이 아니었나 싶다.

통신사에 입사하고 나서 수습기자로서 받은 첫 월급은 8천 원이었다. 그 당시 자장면 한 그릇 값이 백 원 정도였으니까 한 달 내내 자장면이나 우동을 먹더라도 모자란 금액이었다. 그래도 첫 봉급을 탔다고 아버님께 속에 털을 댄 가죽 장갑을 사드린 기억이 생생하다. 수습딱지가 떨어지자 월급이 1만 5천 원으로 뛰어올랐지만 일주일 정도면 모두 사라져 버렸다. 게다가 대선배들이 받는 액수도 그리 많지 않아 번역일 등을 하지 않으면 생계를 꾸려 가기도 어려운 시기였다.

외신부 데스크는 나중에 신문학 박사를 받고 한양대학교에서 대학원장을 지낸 고 팽원순 교수가 맡았고, 후에 그 유명한 리영희 한양대 교수가 뒤를 이었다. 10여 년이 넘는 외신 경력이 있는 대선배들은 거의 다 서울대학교 문리대를 나왔거나 법대 출신이면서 영어 외에도 불어를 잘했다. 나중에는 대부분 유학을 가서 박사 학위를 따고 학교로 진출했는데, 리영희 교수는 그 중에서 가장 걸출한 분이 아니었나 하는 생각이 든다.

나는 막내 격인 데다 결혼도 안 한 몸이라 명절 근무와 야근은 거의 내 몫이 되기도 했다. 한겨울 밤에 당번을 할 때면 어찌나 추웠던지 볼펜이 굳어 잘 나오지 않을 때도 있었다. 그래서 추위를 이기기 위해 밤늦게까지 소주나 백알을 마시면서 일하기도 했다.

당시 모택동이 주도하던 중국 문화혁명이 한창 절정기에 달했던 시절인지라 하루 이틀이 멀다 하고 관련 기사가 쏟아져 나왔다. 한번은 내가 문화 혁명 기사를 다루면서 유소기 주석이 홍위군에 의해 체포되어 숙청당했다는 기사를 만들었다. 그 영문 기사 중에는 'purify', 'purification'이란 단어가 나오는데, 우리말 기사로 만들 때는 의례히 '피의 숙청'이니 '피 묻은 숙청' 같은 선동적인 단어를 붙이고는 했기에 유소기 주석이 '피의 숙청'을 당했다고 썼다.

그 일로 리영희 부장으로부터 된통 야단 맞은 기억이 난다. 그는 내가 만든 기사를 흔들면서 'purify', 'purification'의 뜻이 뭔지 아느냐고 물었다. 그러고는 일장 연설 겸 설명을 하기 시작했다.

소련 공산당이나 중국 공산당에서 권력 투쟁이 벌어지면 권력의 핵심에서 밀려나는 일이 생기는데, 그게 우리가 흔히 말하는 숙청이다. 왜 꼭 '피의' '피 묻은' 숙청이냐는 것이었다. 중국 공산당의 경우 숙청되었다고 해서 꼭 감옥에 가거나 피의 보복을 당하는 것은 아니다. 권좌에서 밀려나 조용히 은거하거나 자택에서 쉴 수도 있다. 그러니까 숙청이라는 말도 사실은 잘못된 것이고, 엄밀한 의미에서는 '정치판을 정화한다', '깨끗이 한다'는 뜻이 맞는다는 얘기였다.

그 당시에도 리영희 교수는 중국 문제에 밝은 중국통이었고 불어도 아주 잘했다. 가끔씩 늦어 택시를 타고 오면 택시 비가 모자라 매번 내게 빌려 가곤 했다. 한국 최고의 지성인들이 생계를 위해 외신 기자 노릇을 하면서도 여러 가지 부업을 해가며 새벽길을 달리던 시절이었다.

박정희 군사 정부가 기자들을 매수하기 위해 촌지라는 이름으로 돈 봉투를 뿌리기 시작한 것도 70년대 초부터이고, 남산 중앙정부의 외신 담당자들과 박정희 정권에 불리한 외신 기사가 들어오면 누가 빨리 기사를 만들어 신문사에 보내는지 속도 경쟁이 붙기 시작한 것도 그 무렵이었다. 그래도 사명감을 갖고 박봉에도 불평 한마디 없이 외신 기자 노릇을 하던 때가 아닌가 생각한다.

수습 시절 첫 야근 때 다섯 대의 텔레타이프에서 쉴 새 없이 쏟아져 나오는 기사더미에 파묻혀 쩔쩔매던 때가 가끔 그립기도 하며, 사회 생활의 첫발을 외신 기자로서 시작한 것을 몇 십 년이 지난 지금까지도 자랑스럽게 생각한다.

잦은 야근과 새벽 근무에 익숙해지면서 외신 기자 생활이 좀 지루하다는 생각이 들 때쯤 큰 선박 회사에서 일을 하고 있던 형님을 통해서 어느 선박 회사에서 사람을 구하니 옮겨 볼 생각이 있느냐는 제의를 해왔다. 나이가 다 찼는데도 결혼할 생각은 하지 않고 새벽 다섯 시만 넘으면 집을 나가 이틀이 멀다 하고 술을 마시고 들어오는 나를 부모님이 꽤 걱정스러운 눈으로 보고 있던 차에 전직 제의가 형님한테 들어온 모양이었다. 그 당시에는 대학을 졸업하고도 자기에게 걸맞는 직장을 찾기가 힘든, 말하자면 일자리가 상당히 귀할 때였다.

형님으로부터 선박 회사의 일이, 지금식 표현으로 하면 글로벌한 비즈니스라는 말을 자주 들었기 때문에 선박 회사에 대해 흥미를 갖고는 있었지만 내게 이런 제의가 들어오리라는 생각은 전혀 못했다. 재벌 그룹의 계열사인 이 선박 회사가 요구하는 자격 조건은 두 가지였다. 법과 대학을 졸업하고 어학 능력이 충분해야 하는 것이었다. 다행히 외신 기자 노릇할 때 새벽 근무가 끝나면 시간이 많이 남아 미국 선교사가 운영하는 영어 회화 학원도 다니고, 전 지구상을 떠돌아다니는 외신 뉴스를 매일매일 접한 덕에 영어 실력도 많이 쌓고 일찍 세상을 보는 시야가 넓어져 있었다는 생각이 든다.

나는 며칠 생각한 후 외신 기자 생활을 청산하기로 하고 회사에 사표를 냈다. 웬일인지 직장에 대한 미련은 조금도 없었다. 저널리즘을 공부하고 싶다는 생각에는 변함이 없었지만 새로운 일거리에 대한 기대가 모든 것을 앞질렀던 게 아닌가 한다.

새 회사에 출근해서 보니 진짜 엄청난 일이 나를 기다리고 있었다. 해운 회사 업무는 무역을 포함하여 업무 범위가 무척 넓었다. 국제 간의 일이기 때문에 선하 증권B/L, 대리점 계약, 용선 계약, 선박 도입, 보험, 운송 계약 등 모든 일에 영어가 기본적으로 사용되었고, 계약 관계 일이 많아 법률 지식이 꼭 필요했다. 모르는 것은 상사에게 물어 보고, 또 형님의 조언을 받으며 일을 처리해 나가기 시작했다.

한편으로는 회사의 홍콩 대리점에 부탁하여 해운 업무 전반에 걸쳐서 영어로 된 전문 서적을 모으기 시작했다. 그리고 시간을 내어 이 책들을 뒤져 보면서 많은 정보를 쌓아 갔다. 한 달에 절반 이상을 야근을 하면서도 피곤한 줄 몰랐고, 또 해운 업무 일이 무척 재미가 있기도 했다.

푸른 하늘을 배경으로 높이 걸려 있는 새집은 늘 나에게 조금 떨어진 곳에서 세상을 여유 있게 바라보며 살라는
의미로 다가온다.

본격적인 '월급쟁이'의 세계로 뛰어들었지만, 내게는 이런 자조적인 월급쟁이라는 개념이 좀처럼 머리에 들어오지 않았다. 단순히 먹고 살기 위해서 회사에서 월급을 받고 일하는 것이 아니라 일에 흥미가 있고 또 내가 해야 하는 일이기 때문에 즐겁게 일한다는 개념이 이때부터 머리 속에 자리잡기 시작한 것 같다. 그리고 업무 능력을 갖추고 실력이 있어야 한다는 생각이 굳어지면서 회사를 위하는 동시에 나 자신을 위한 것이라는 내 나름의 월급쟁이 철학을 갖게 되었다.

이 바쁜 틈에도 테니스를 배워 친구들과 주말마다 열심히 테니스를 쳤다. 일에 몰리고 지치면 점심 시간에 살그머니 빠져나와 수영장을 다녀오기도 했고, 장미 재배 책을 갖고 나가 틈틈이 회사에서 읽어 보기도 했다. 한 해가 지나자 선박 업무에 익숙해지고 실전 경험이 늘면서 자신감도 붙고, 나이 많은 선배 상사와도 조율을 잘 이루었다.

상당히 바빴던 어느 날 손님이 나를 찾아왔다기에 조금만 기다리시라는 전갈을 보내 놓고 한참 일하고 있었다. 그런데 인기척에 고개를 들어 보니 우리 회사의 대리점 전무가 나를 내려다보고 있었다. 그 전에 먼발치로 몇 번 본 적이 있는 커다란 체구에 험상궂은 얼굴을 한 사람이었다.

"무슨 일 때문에 오셨습니까?"

나는 의자에서 일어서며 물어 보았다. 내 직속 상사를 뻔질나게 찾아오고 회사의 실력자인 김 상무와 아주 가깝다는 걸 알고는 있었지만, 실무 책임자인 내게까지 찾아오기는 처음이었다.

"우리 회사가 청구한 지불 건은 어떻게 되었습니까? 아직도 당신이 서류를 갖고 있는 것 같은데, 아직 검토가 끝나지 않았습니까?"

아주 당당하게 남의 회사에 와서 자기 회사 직원 부리듯이 명령조로 물었다. 난 아직 검토가 다 끝나지 않았고 몇 가지 따져 볼 문제가 있다고 했다. 속에서는 화가 끓어올랐지만 꾹 참고 최대한 공손하게 대답한 것이다.

그런데 그 대리점 전무는 외려 "서류를 검토했으면 빨리 윗선으로 결재를 올리지 않고 왜 갖고 있느냐."며 더 호통을 쳤다. 결국 나는 당장 나가라고 온 사무실이 쩌렁쩌렁 울리도록 소리를 질렀다. 그러고는 그 전무의 멱살을 잡고 끌어내려고 달려들었다. 상사와 주위의 동료들이 뜯어말려 주먹다짐까지는 벌어지지 않았지만 김 상무도 이 소동을 지켜본 것 같았다.

이 대리점 회사는 자체적으로도 미국이나 동남아 지역에서 원목을 수입해 국내에 판매하는 아주 큰 회사였고 또 우리 회사의 하역 작업을 독점적으로 맡고 있었다. 그래서 회사의 간부 및 임원들과 긴밀한 친분 관계를 유지하고 있어 그 전무의 힘도 막강했던 것 같다.

내가 검토한 바로는 그 대리점 회사가 우리 회사에 부당하게 청구하는 금액이 꽤 많아 몇 가지 사례를 집어내어 버릇을 고쳐 주고 말을 안 들으면 하역 회사를 바꿀 생각을 하던 차에 이런 소동이 벌어진 셈이었다. 이 해프닝은 빠르게 그룹 전체로 소문이 퍼져 나갔고 대리점 회사 전무는 한동안 우리 회사에 얼굴을 내밀지 않았다.

이 소동이 있은 지 며칠 후 나와 가까웠던 직속 상사가 걱정스러운 듯 던진 충고의 말은 아직도 잊지 않고 있다.

"당신은 회사를 위해서 옳은 일을 한 것이다. 그렇지만 다시 한 번 생각해 봐라. 당신 혼자 총대를 메고 고군분투한다고 해서 이 회사가 달라지지는 않는다. 적당한 선에서 일을 처리하고 끝내라."

절대 권력은 반드시 부패하듯이 흐르지 않는 물은 썩게 마련이다. 첫 직장 생활에서는 유혹에 빠지기도 쉽고 또 부정을 저지르기도 쉽다. 맑은 물에는 고기가 모이지 않는다고 하지만 자그마한 부정도 부정이다. 게다가 투명하고 바르게 일해야 한다는 명제는 그 당시 사람들은 아주 진부한 사고라고 여겼던 것 같다.

국내의 여러 항구로 출장을 다니며 하역 시설을 점검해서 비능률적인 사항을 조사해 개선책을 내놓는 등 나로서는 많은 일을 했다. 각 선박별 연간 채산성을 따져 제출한 보고서가 회사 내에서 큰 반응을 일으키며 영업 성적에 경종을 불러 일으키기도 했지만, 한편으로는 상사들과 불화의 불씨가 되기도 하면서 회사 내의 질시의 대상 1호 인물이 내가 되었다.

몇 년간을 바쁘게 업무에 시달리며 상사들과 거북스러운 관계를 갖기도 했지만, 이때쯤부터 해외 근무를 하고 싶다는 생각을 했다. 좁은 사무실에서 서로 부대끼며 싸우는 것도 싫었고 이런 생활을 계속한다면 우물 안 개구리가 되는 게 아닌가 하는 생각이 들기도 했다.

실력과 능력이 있으면 내 앞길의 문은 당연히 열릴 거라고 생각했지만 현실은 그렇게 만만하지 않았다. 그래서 가까운 시일 내에 해외 주재원이 되지 못하면 다른 방도를 찾기로 마음을 굳혀 갔다. 내가 선박 회사를 직접 차려 운영한다는 구상이었다.

70년대는 모든 것이 꿈틀거리며 태동을 시작하는 시대였다. 미래를 내다보고 야망을 가진 이들은 꿈을 실현해 볼 수 있는 의미심장한 시기였다. 해운업 역시 그런 세계 중의 하나였고, 나는 이 분야에 본격적으로 뛰어들 채비를 하고 있었다. 우선 그 당시에는 해운 전문가가 몹시 귀했다. 선박 도입부터 차관 문제나 자금을 빌리는 일까지 해운 사업을 꾸리려면 모든 업무에 정통해야 했다. 나 역시 몇 년 동안 열심히 회사 업무를 다루면서 해운 관계 서적을 탐독하고 자료를 광범위하게 수집했다. 서서히 선박 회사 창업의 꿈을 구체적으로 키워 나갔다. 그때의 일을 돌이켜 보면 젊은 나이에 그런 큰일을 벌였다는 게 신통하면서 참 용감했구나 하는 생각이 든다.

8년 선배 두 분과 나까지 세 명이 창업한 해운 회사는 업계의 주목을 받으면서 순조롭게 순항해 나갔다. 선박 운영에 관한 폭넓은 지식과 단단한 거래선 몇 개를 확보하고 회사를 투명하고 바르게 끌어가고, 약간의 운이 따라 준다면 극소수의 전문 인원으로도 성공할 수 있는 것이 바로 해운 사업이었다. 더구나 창업 당시에는 중동 건설 특수가 한참 달아올라 있을 때여서 타이밍도 아주 적절했다. 전통적으로도 해양 강국은 역시 일본이었고, 그리스 선박왕 오나시스 그리고 홍콩의 선박 재벌들이 왕성하게 활동을 벌이고 있었다. 1만 8천 톤과 1만 3천 톤 급의 낡은 중고선 두 척을 빌려 시작한 우리의 자그마한 회사에 나는 정말로 혼신의 힘을 다했다.

　　그러나 잘 나가던 우리 회사도 험한 파도를 타기 시작했다. 넓은 대양이 항상 잔잔할 수만은 없었다. 격한 풍랑이 일면 항구로 대피하고 예상할 수 있는 모든 가능성을 점검하며 어렵고 힘들게 조금씩 나갔다.

　　그런데 문제는 외부에 있는 것이 아니라 바로 회사 내부, 선배 두 분과 나 사이에서 커지기 시작했다. 문제는 딱 두 가지였다. 회사를 어떻게 생각하고 운영하느냐 즉 회사의 장래와 비전에 대한 문제였고, 또 하나는 젊은 나지만 선배들과 똑같은 대우를 받아야 한다는 것이었다. 이 두 가지 사안은 회사 운영 철학의 핵심을 이루는 것이라 조금도 양보할 생각이 없었다.

　　40대 중반에 이른 두 선배는 지긋지긋한 '월급쟁이' 생활을 청산하고 만든 회사에서 누구의 간섭도 받지 않고 편하고 안일하게 많은 돈을 벌고 싶다는 생각을 갖고 있었다. 나는 젊기도 했지만 공들여 만든 이 회사를 보다 철저히 다지고 고생을 하더라도 검소하게 살면서 오로지 회사를 굳건한 반석 위에 올린다는 일념으로 운영하려 했다. 그래서 아무리 작은 회사지만 공과 사를 엄격히 구분하는 경영 방식을 고집했다. 게다가 선배들은 내가 젊다는 이유로 급여에서부터 차량 문제

집을 짓고 나서도 자리를 잡는 데 3년은 족히 걸린다. 임시방편으로 만든 창고의 벽에도 어느새 담쟁이덩굴이 퍼지기 시작했고, 자그마한 야생화 꽃밭도 3년이 넘으니 꽃이 근사하게 피고 제 몫을 해낸다.

등 그 나이에 이만큼 했으면 충분한 게 아니냐는 식으로 동업자 취급을 해주려 하지 않았다.

　사람의 마음속은 지금이나 예전이나 알 수 없는 것 같다. 이 회사를 창업하는 데 들인 내 노고가 아깝다는 생각이 들면서 그들과 미래를 함께해야 하는지 회의에 빠지기 시작했다. 이 회사가 잘못되면 엄청난 액수의 연대 보증 채무가 발생하고, 그럼 과연 내가 감당할 수 있을까 의문이 들었다.

　이런 식으로 회사를 방만하게 운영한다면 회사의 장래는 없다. 난 곧 결정을 내렸다. 회사를 그만둘 테니 내가 투자한 돈을 돌려 달라고 했다. 구차한 설명은 하지도 않았다. 왜냐하면 이 회사에 투자하려는 이들이 줄을 서 있다는 것을 나도 알고 있었기 때문이다. 후일담이지만, 이 회사는 내가 떠난 후 몇 년을 더 버티다가 사상 최대의 불경기를 만나 헤어나오지 못하고 부도 처리되고 말았다.

　내 인생에 먹구름이 낀다는 생각이 들기 시작했다. 해운업에서 손을 뗀 후 한참을 푹 쉬었다. 그동안 소홀히 했던 마당 가꾸기에 전념한 것이 큰 도움이 되었다. 부모님이 형님과 합치기 위해 이사를 가셔서 구의리 집의 그 넓은 마당이 우리 세 식구의 차지가 되었다. 아침부터 저녁 늦게까지 장미 가지를 치고 나무를 전지하고 채소 농사를 짓기 위해 땅을 팠다.

　누구를 원망할 생각도 하지 않았다. 내가 좋아 벌인 일이고, 싫어서 뛰쳐나왔으니 모두가 내 탓일 뿐이었다. 난 자연히 책 읽기와 꽃과 나무 기르기, 채소 농사로 관심을 돌렸고 막연하게만 생각했던 '낙향'을 진지하게 따져 보기 시작했다.

　그렇지만 내 앞날에 검은 구름이 낀 게 아닌가 하는 우려심, 그러면서도 한편으로는 또다시 큰일을 벌여 볼까 하는 의욕이 솟아나기도 했다. 그리고 늘 마음 한구석에 자리잡고 있던 미국 유학 길도 생각해 보았다. 유학 가서 세 식구가 함께 살며 공부하려면 꽤 많은 돈이 들 테고 그보다 과연 이 나이에 그 힘든 공부를 끝낼 수 있을까 하는 회의도 끊임없이 흘러나왔다.

그렇지만 이 시절은 고민을 하면서도 오래간만에 맞는 무직업의 시기를 만끽하는 면도 있었다. 책 읽기, 몽상, 공상, 낙향, 시골 살기, 유학, 낭인, 미래, 꿈 등 이런 단어들이 내 머릿속을 오락가락하던 나날이었다.

그러던 어느 날 가깝게 지내는 선배가 그 당시로서는 용어도 생소한 벤처 기업에 참여해 보는 것이 어떻겠냐는 제의를 해왔다. 젊은 친구들이 첨단 기술 하나 갖고 만든 회사이니 내가 할 일도 많고 이 친구들을 잘 돌봐줄 수 있지 않겠냐는 것이었다. 귀가 솔깃해지는 제의였지만, 직장 생활을 하면서 신물이 날 정도로 당한 경험이 많아 그 자리에서 금방 대답하지는 못했다.

요즘의 미국 젊은이들은 첫 번째 직장을 가진 후 은퇴할 때까지 적어도 다섯 번에서 열 번 정도 직장을 옮기며 살아갈 것이라는 미국의 한 유명 경제 전문지의 특집 기사를 읽은 적이 있다. 우리나라 역시 97년 외환 위기 이후 평생 직장의 개념이 사라지고 조기 은퇴가 시대의 한 현상으로 자리잡으면서 젊은 층도 한 직장에서 4, 5년 이상 꾸준히 일하겠다는 생각을 갖고 있지 않은 듯하다. 기회만 있으면 더 좋은 조건의 직장으로 옮기고, 회사에서도 이런 경향을 당연시하고 있는 것 같다.

나 역시 외신 기자로 사회에 첫발을 내딛은 이래 여러 군데의 직장을 옮겨다녔다. 대기업에서 중견 기업에 이르기까지 업종도 다양했고, 이 덕분에 비교적 어려운 실전 경험을 많이 쌓았다. 다만 난 월급을 많이 받기 위해서도 아니고 다양한 분야의 일을 해보고 싶었을 따름이었다. 그러나 당시에는 그런 행태를 아무리 능력과 실력을 갖추었다 해도 회사들이 환영하지 않았던 듯하다. 요즘 같으면 그런 다양한 경력을 우대했겠지만 말이다.

한국의 벤처 기업 1호, 한글 워드 프로세서와 레이저 프린터를 한국에서 처음 개발, 상품화시켜 '첨단 기업'이라는 꼬리표가 따라다녔던 이 회사도 80년대 초반 내가 처음 일을 시작했을 때는 사원이 스무 명도 안 되는 아주 조그만 회사였다. 마흔을 갓 넘긴 온갖 실전과 경험으로 다져진 내 눈에는 초라하고 보잘 것 없는 회사로 비쳐졌지만, 지금까지 느껴 보지 못한 유치하지만 매우 강렬한 무엇인가가 있었다. 회사 일을 맡은 지 얼마 되지 않아 나도 이 범상치 않은 분위기에 빨려 들어갔다.

서른을 갓 넘긴 창업자인 젊은 사장과 나는 처음부터 자연스럽게 회사 업무를 분담했다. 컴퓨터 공학을 전공한 사장은 연구와 개발R&D 분야를 맡고, 난 영업·마케팅·자금 조달 등 관리 업무를 맡았다. 젊디젊은 엔지니어들과 뒤섞여 일에 열중했던 그때의 모습이 눈에 선하다.

회사는 하루가 다르게 변화하고 발전해 나갔다. 회사의 성장과 함께 마이너리티로서의 내 생각도 점차 풀어져 나가기 시작했다. 하루하루 다르게 성장하는 회사나 직원들 모두 자랑스럽고 사랑스러웠다. 난 지금까지 쌓아 온 경험과 온갖 인맥을 동원해서 회사를 키우고 10년 가까이 근무했다.

말썽도 많고 사고도 많았지만 회사는 잠시도 쉼 없이 커나갔다. 월급봉투를 개인 통장으로 대체하고, 출근부를 아예 없애 버리고 자율 출근 제도를 시행했다. 산악회를 만들어 산악 보조금을 지급하고 산행을 장려하고 일본 북 알프스에 회사 산악회를 원정 보내는 등 시대에 앞선 독특한 경영 방식과 사풍은 지금도 가끔 생각이 난다.

무엇보다도 전사적인 책 읽기 운동을 펼친 것은 정말 신나는 일이었다. 사장부터 생산직 사원에 이르기까지 책 한두 권을 살 수 있는 도서 구입비를 아무런 조건 없이 매달 지급했다. 어쩌다 만나는 옛 회사 직원들이 우리 덕분에 그때 책을 사서 열심히 읽었다는 얘기를 들으면 큰 보람을 느끼기도 한다.

운동선수로 보낸
학창시절

사람들은 자기가 보고 느끼고 인식하고 경험한 것 외에는 잘 받아들이지 않는 것 같다. 더구나 요즘 젊은 사람들은 아버지나 할아버지 대의 얘기가 나오면 듣기 싫다는 표정이 역력하다. 그렇지만 옛날이 다 좋았다고 자랑하는 얘기도 아니고 그 시절이 그리워서만 하는 얘기도 아니다. 다만 역사적 사실 이면에서 말없이 스러져 가는 것이 안타까워서 하는 말이라고 이해해 주면 좋겠다.

다행히 세 끼 밥 먹는 걱정은 면하고 살았다. 6.25, 4.19 혁명, 이어 5.16, 박정희 군사 정부가 막강한 힘으로 이 나라를 통치하던 그때까지도.

내가 어렸을 때 부자라는 개념은 지금과는 많이 달랐다. 이 자리에서 소위 부자라는 돈이 많았던 사람들을 사회학적으로 따져 보자는 것은 아니지만 부잣집 자식들은 항상 공부를 잘 못했다는 점 하나가 흥미를 끈다. 어렵고 못 사는 가난한 집 자식들이 항상 공부를 잘했다. 내 친구들을 둘러보아도 가정교사를 하며 공부를 계속했던 친구들이 중·고등학교 때도 항상 성적이 우수했고, 서울대학교의 수석 합격 자리도 모두 이들이 차지했다. 가진 것이 없는 대신 머리 하나는 좋았고, 또 어려움 속에서도 열심히 공부해서 꿋꿋하게 자기의 삶을 개척해 나갔다.

중학교 때부터 나는 여름에는 야구를 하고 겨울에는 아이스하키를 하다가 두 가지 운동을 병행하는 것이 너무 부담스러워 고등학교부터 대학 2학년 때까지는 아이스하키 하나에만 전념했다. 아이스하키는 아주 난폭하며 격렬한 운동이다. 상대방 선수의 플레이를 몸으로 막는 것이 경기 규칙의 일부인 만큼 경기 규칙도 간단하고 아주 빠르게 게임이 진행된다. 내 성격에는 꼭 맞는 운동이란 생각이 들었다. 그 당시에는 운동선수라고 하면 공부는 안 하고 운동만 하는 깡패 취급을 하던 시대였다. 요즘처럼 수십억대의 몸값을 받는 프로 선수란 개념이 없기도 했고, 또 운동을 직업으로 삼는 프로 경기라는 것이 존재하지도 않았을 때였으니까. 아마추어리즘만이 존재하던 때였다.

그러나 공부 안 하고 운동만 해도, 특히 어느 특정 분야에서 두각을 나타내거나 자기 팀이 우승을 자주 하면 서울대학을 제외한 어느 대학이라도 장학금을 받으며 진학할 수 있는 문은 열려 있었다. 우리 팀도 중학교 때는 전국대회를 휩쓸었고, 고등학교 때도 한두 번 우승을 놓치기는 했지만 각 대학마다 탐을 낼 정도였다. 게다가 난 주장을 맡은 덕분에 학교 내에서는 물론 전국적으로 꽤 유명한 선수가 되어 있었던 듯하다. 나는 이런 가운데서도 어려운 형편이지만 공부 잘하는 친구들과 나름대로 자주 어울렸다. 경기장에서나 학교 생활 밖에서는 난폭하고 얼음판 위의 악동이란 소문이 자자했지만 사실 나는 아주 내성적이고 상당히 부끄러움을 많이 타는 편이었다.

고등학교 2학년 말 나는 중대한 결정을 해야만 했다. 서울대학을 제외한 어느 대학에도 갈 수 있었지만 아이스하키 선수라는 꼬리표를 달고 대학을 가서까지도 운동을 하고 싶진 않았다. 무엇보다도 나는 운동선수라도 공부를 병행하며 서울대학교에 꼭 가고 싶었다. 이건 내 자부심과 자존심이 걸린 문제였고, 세상에 대한 하나의 도전이었다. 그리고 또 하나는 나보다 먼저 서울대학에 들어간 선배, 동료들과 함께 서울대학 팀 선수로서 만년 꼴찌인 팀을 우승으로 끌고 가고 싶었다. 그러기 위해서는 고등학교 3학년 1년 동안은 아이스하키라는 운동을 내 머릿속에서 지워 버려야 했다.

그러나 5.16 군사 쿠데타가 일어나 집안이 풍비박산되면서 나는 무지무지하게 공부에 전념할 수밖에 없었다. 얼음판에서 뛰고 싶은 유혹을 물리쳐 가며 난 가장 약했던 수학에 집중적으로 매달렸다. 나중에 합격자 발표가 나고 나서 방을 정리해 보니, 1년 동안 수학 문제를 풀고 쌓아 놓은 시험지가 큰 사과상자로 두 개가 나왔다. 그리고 체중도 5킬로그램이나 빠져 있었다.

서울대학 선수로서 선배들과 함께 전국 대회에서 승승장구하며 결승전까지 올라갔다. 가장 강호였던 연세대학교와 맞붙어 한 골 차이로 준우승에 그쳤던 일은 지금 생각해도 매우 아쉽다. 그때가 서울대학 팀이 우승할 수 있었던 마지막 기회였기 때문이다. 그리고 나는 그 해 대한민국 아이스하키 대표선수로 선정되었다.

운동선수가 우상이 되고 선수 개인으로서도 엄청난 돈을 버는 시대가 왔지만 나는 프로 선수가 되지 않더라도 어릴 때부터 운동, 특히 단체 운동은 계속하는 것이 좋다고 생각한다. 심신 단련 측면에서뿐만 아니라 리더십, 팀워크, 약자에 대한 배려 등 평생을 살아가면서 필요한 모든 것을 자연스럽게 체득할 수 있기 때문이다. 내 경우에도 어려서부터 했던 운동을 통해 습득한 스포츠맨 정신이 내 평생의 밑바탕이 된 것이 아닌가 생각한다.

요즘도 가끔은 처와 둘이서 술 한잔을 앞에 두고 결국 잘 살고 못 사는 게

무엇인지 허심탄회하게 얘기를 나눈다. 때로는 체념에서 오는 자기 변명도 뒤따르곤 한다. 한번 살았던 과거의 삶이란 돌이킬 수도 없는 것이지만 또한 더할 나위 없이 소중한 것이기 때문이다.

더도 덜도 없이
만족하게 사는 것이 인생

요즘은 연봉을 수억 원에서 수십억 원까지 받는 '고급 월급쟁이'들이 꽤 많은 것 같다. 그만큼 경제 규모도 커지고 생활 형편이 많이 나아졌다는 얘기일 것이다. 특히 사회의 초년생들도 연봉 몇 천만 원씩 받으니 세상이 참 많이 달라졌구나 하는 생각이 든다.

옛날 '월급쟁이'들은 큰돈을 만져 볼 기회가 거의 없었다. 나의 경우도 매달 받는 월급은 항상 빠듯했고, 여기서 약간의 여유가 있어서 조금씩 저축을 한다는 것도 사치스러운 생각에 불과했을 뿐이다. 그 달 그 달 살아가고 모자라면 빌려 쓰기 일쑤였다. 말하자면 나쁜 짓 안 하고 품위를 유지하고 사는 건 참 힘들었지만, 그 당시의 월급쟁이들은 잘 참으며 묵묵히 살지 않았나 하는 생각이 든다.

지금도 나는 가끔 월급쟁이가 빠듯한 월급으로 어떻게 큰 재산을 모을 수 있을까 의문을 갖는다. 부모로부터 큰 재산을 물려받거나 안 먹고 안 써가며 조금

씩 저축한 돈으로 서울 변두리나 시골에 사둔 땅이 한참이 지나서 땅값이 부쩍 뛰거나, 혹은 조금씩 사모아 두었던 주식이 몇 십 년 후에 거액의 재산이 되는 경우가 있을 수 있다. 그런 게 아니라면 월급쟁이 노릇하면서 부정한 방법으로 이권에 개입하거나 거액의 뇌물을 받아 재산을 불리는 경우가 있다.

난 무능해서 그런지 이 네 가지 재산 증식 방법 중에 하나도 해당하지 않았다. 그리고 다른 경우도 있겠지만, 직장 생활을 몇 십 년 하면서 내가 본 바로는 큰 돈을 만들어 지금까지도 떵떵거리며 사는 이들은 부정직한 방법과 수단으로 재산을 만든 네 번째 경우가 태반이 아닌가 한다. 그래서 '월급쟁이' 노릇하면서 큰 재산을 만든 사람에게는 존경 어린 의심의 눈길을 보내지 않을 수 없다.

돈이 없으면 이 세상을 살아갈 수 없다는 것은 진리에 가깝다. 돈이 없으면 세 끼 밥도 찾아 먹을 수 없고 책을 사서 읽을 수도 없고 시골 생활도 할 수 없으며 친구들과 정답게 소주잔을 기울일 수도 없다. 돈이 없는 노년의 삶은 비참하기까지 하다. 돈이 이렇게 중요하며 꼭 있어야 하는 것인데 과연 사람의 행복과 돈은 어떤 관계일까? 하잘 것 없는 사람이라도 돈만 있으면 무엇이나 다 할 수 있다는 뜻의 "돈이 제갈량이다."라는 말이 현대를 사는 우리들에게 잘 맞는다는 생각이 든다.

'생활의 만족과 삶의 보람을 느끼는 흐뭇한 상태'를 행복이라고 한다. 너무나 흔해 빠진 이 '행복'이란 단어의 뜻을 사람들은 잠시라도 생각을 해보는지 퍽 궁금하다.

월급쟁이 생활을 하면서 회사를 속여 가며 부정한 수단과 방법을 써서 한 재산을 모으는 것이 삶의 보람을 느끼는 흐뭇한 행위는 아니라고 생각한다. 남의 약점을 이용하여 공갈, 협박해 거액을 뜯어내는 것이나 정권과 결탁하여 부정한 방법으로 특혜를 받아 개인 주머니를 불리는 일도 생활의 만족과 삶의 보람을 느끼는 것은 아닐 것이다. 직업의식을 갖고 일을 열심히 해서 회사에 큰 기여를 했다면 성취감과 함께 삶의 보람을 느낄 것이란 생각이 든다.

　나 역시 조그마한 벤처 기업을 혼신의 힘을 다하여 몇 년 만에 단단한 중견 기업으로 키웠을 때 무엇보다도 보람을 느끼고 행복감에 젖기도 했다. 어려운 이들을 조금씩 도와주면서 이들이 자리를 잡아 갈 때면 우리는 더욱 보람을 느꼈다.

　장미를 정성스럽게 가꿔 탐스러운 꽃이 피어날 때면 고생도 잊고 내가 한 일에 대한 자부심으로 아주 행복해하던 기억이 난다. 재활용 목재를 써서 커다란 야외용 벤치를 만들어 시골 성당에 슬그머니 갖다 놓고 나올 때는 목공 일을 하는 것에 보람을 느끼게 된다. 헌 판재를 주워 새집을 만들어 이웃들에게 나누어 줄 때 자그마한 삶의 보람을 느끼기도 했고, 목공 생활에 대한 만족감도 있었다. 땀 흘리며 대가 없이 일할 때 가장 즐겁고 보람을 느낀다.

　그렇다면 돈이 행복의 척도가 될 수 있을까? 돈이 많으면 항상 행복에 젖어 있을까? 세계 최빈국에 속하는 방글라데시 국민들이 삶의 만족도 조사에서 미국이나 유럽의 부국들을 제치고 1위를 차지한 것을 보면 많은 것을 생각해 보게 된다.

　심혈을 기울이며 자부심을 갖고 일했던 벤처 회사는 내가 나온 지 채 5년을 넘기지 못하고 97년 외환 위기 때 부도를 내고 공중 분해되고 말았다. 본업을 제쳐 두고 엉뚱하게 금융 사업을 펼쳤다가 일시에 몰아닥친 수백억 원의 어음을 막지 못해 부도를 낸 것이다. 아울러 상당한 금액의 내 주식도 하루아침에 휴지 조각으로 변해 버렸다. 내 노후를 담보했던 그 주식은 이제 하나의 환상으로 머릿속에 남아 있을 뿐이다.

　그런데 나는 의외로 담담했다. 처와 함께 소주 한잔 기울이면서 그 일을 잊기로 했다. 돈이 많아야 꼭 행복한 것은 아니고 지금까지 그것 없이도 잘 살아왔지 않느냐는 마음으로 넘겨 버린 것이다. 더욱이 항상 모자란 듯하게 사는 것, 더도 덜도 아닌 그만큼으로 만족하게 사는 것이 인생이라는 것을 깨달았다.

　자기 밥그릇을 차고 태어난다는 우리말 속담처럼 큰돈은 없지만 내 밥그릇만큼은 벌어서 먹고 살았으니까 큰 후회도 없다. 어떤 면에서는 내 주변머리로 굶지 않고 이만큼이라도 살았다는 게 다행스러운지도 모르겠다. 그 이후로는 경제적인 어려움이 닥쳐도 주위 사람들에게 돈 문제에 대해서는 일체 언급을 하지 않고 살고 있다. 아무리 어려워도 궁한 소리 한 번 하지 않았다. 항상 조금은 모자라며 빠듯하게 살아온 우리 부부지만, 내가 부잣집 아들로 태어나 지금까지 항상 유복하게 살았다는 주위 사람들의 부러움에 찬 기대도 굳이 깰 필요가 없었기 때문이다.

　결국 돈이 많아서 꼭 행복한 것은 아니고, 또 돈이 적어서 그만큼 덜 행복한 것도 아닌 것 같다. 돈의 많고 적음보다도 우리가 행복해하는 이유는 다른 곳에 더 많기 때문이라 생각한다.

책 한 권의 값

음식이나 물건의 가격을 따질 때 나는 책 한 권의 가격을 머릿속에서 끄집어 내어 비교하는 버릇이 있다. 또 담배 한 갑이나 소주 한잔 마실 때 들어갈 돈과 커피 한 잔 값도 책 한 권의 가격과 비교해 본다. 호텔에서 비싼 저녁 식사를 할 때면 나는 이게 몇 권의 책을 살 수 있는 금액인지 따져 보기도 잘한다. 그렇다고 내가 외식을 안 한다거나 양주를 사다 먹지 않는다는 얘기는 아니다. 사물에 대한 가치 판단을 할 때 아주 소박하게 내가 살았던 시대, 그 상황에서 돈의 가치 내지는 경제적 가치를 책 한 권의 가격으로 한번 따져 볼 뿐이다.

여자들이 특히 좋아하는 명품 핸드백은 한 개의 값이 내 1년 치 책값과 맞먹는 것들이 많다. 일식집에 가서 서너 사람이 고급 양주 두 병 정도 먹고 저녁을 먹으면 1년 치 책값의 반 이상이 훌쩍 날아간다.

직장 생활을 할 때는 금융 기관이나 각종 거래처의 간부들을 만나 대접해야 할 일이 많았다. 일주일에 서너 번, 점심때보다는 저녁 대접이 더 많은 편이었다. 이왕이면 더 좋은 음식점에서 술보다는 음식 위주로 대접을 하곤 했다.

접대 비용은 그리 문제가 되지 않았다. 그런데 문제는 회사가 점점 커지면서 접대 횟수도 늘고 저녁 식사에서 끝나는 게 아니라 2, 3차 술집으로 계속 돌아다니니 내 몸이 견딜 재간이 없었다. 게다가 나는 술집 순례에서는 잘 대접하지 못했고, 오히려 귀찮게만 여겨져 젊은 간부들에게 일을 나누어 주었다.

난 이러한 접대 문화를 바꿀 방법이 없는지 곰곰이 생각해 보았다. 나도 술을 좋아하고 즐기지만 이런 접대 술은 정말 먹기가 싫었기 때문이다. 요새는 연극, 음악 등 공연 티켓을 훌륭한 선물로 사용하고 있지만, 그 당시로서는 도서상품권 같은 문화상품권의 개념도 없던 때였다.

궁리 끝에 나온 것이 국내 유수 작가들의 판화 작품을 구입해서 접대용 선물로 대체하는 것이었다. 그때도 국내 유명 작가들의 유화나 동양화 작품은 무척 비쌌고 잘못하면 뇌물로 오해 받을 수 있는 소지가 있어 회사로서도 큰 부담이 되기는 했다. 그 다음으로는 해외 유명 오페라단이나 교향악단의 내한 공연 표를 구입해서 선물로 보내는 것이었다. 반응은 생각보다 아주 좋았다. 특히 판화는 매우 저렴한 가격으로 구입했기 때문에 몇 년 갖고 있으면 꽤 값이 나가는 그림이 될 수 있는 것들이었다.

아쉬운 것은 내가 항상 사물의 척도로 생각하는 책을 선물용으로 사용하지 못했다는 점이다. 내가 만나 본 거래처 사람들 중에서 책을 그래도 몇 권 읽는다고 생각되는 사람이 하나도 없어 보였기 때문이다.

가치 판단의 주체는 각 개인이고, 그 기준은 주관적일 수밖에 없다. 명품 넥타이나 양복, 명품 구두를 신지 않으면 안 된다는 이들도 있고, 양주나 포도주를 마셔도 꼭 고급 브랜드를 요구하는 사람도 많다. 시골에 내려가 살면 꼭 몇 억 원을 들여 고급 목조 주택을 짓고 아담한 계곡 근처의 땅에 자리를 잡아야 한다는 강박 관념 때문에 이주를 망설이는 사람도 많다.

또 나처럼 책을 살 때 다른 물건들과 가격을 저울질해 보고, 책의 내용이 괜찮다는 생각이 들어도 페이지 수를 따져 보는 사람도 있다. 페이지 수가 책값에 비해 적다고 생각되면 책 읽는 하루의 즐거움이 너무 짧아지기 때문이다.

사소한 일 같지만 우리는 일상생활에서 의식적으로든 무의식적으로든 가치 판단을 내리며 살고 있다. 가치 판단의 대상이 되는 사물, 정신의 폭을 너무 좁혀서 생각하는 게 조금 안쓰러울 뿐이다.

PART 3

봉평댁과 새집 목수의
시골나기

산악자전거 타기와 집들이

벌써 이곳에 산 지도 8년이 넘어가고 있지만, 원시적인 분위기를 풍기던 계곡 풍경과 산속 깊숙이 돌아다니던 때가 이제는 하나의 그리움으로 남아 있다.

둥지를 틀자마자 내가 제일 먼저 시작한 일은 산악자전거를 타고 홍정계곡 주변을 돌아다니는 것이었다. 홍정계곡 초입에서 10리쯤 되는 곳에 우리 둥지가 있었고, 좁은 시멘트 길은 여기서 끝난다. 좁은 흙길을 따라 한 10리쯤 더 계곡을 거슬러 올라가면 다시 길은 두 갈래로 나뉘고 임도로 이어진다. 붉은 스카프를 이마에 질끈 동여매고 시간이 날 때마다 산악자전거를 타고 순례 길에 나섰다.

올라가는 길은 두 시간 정도 걸린다. 돌이 비죽비죽 나온 험한 임도였기에 봄철 산 너머 횡성군이나 홍천군에서 나물을 채취하러 오는 사람들 외에는 전혀 찾는 이가 없는 아주 적막한 곳이다. 올라가다 힘들면 쉬고 청정 계곡물을 손으로 떠먹고 햇볕이 쨍쨍 내리쬐는 한낮에도 무서울 정도로 고요하고 정숙하며 오직 씩

씩거리는 내 숨결 소리만 크게 들릴 뿐이다. 미련스럽게 산길을 거슬러 올라가지만 힘든 노동 끝에는 항상 즐거움이 따르게 마련이다.

내려오는 길은 무섭게 빠르다. 두 시간 걸려 올라가서 30분 만에 윙윙 바람을 가르는 소리만 들으며 질주한다. 이 재미에 산악자전거를 타는 것이지만 덕분에 얼마 되지 않은 시골 마을 사람들을 자주 만나게 되었다. 분명히 사람들은 처음에는 날 자전거 타고 산속을 돌아다니는 미친놈쯤으로 치부했을 것이다. 이름도 성도 직업도 모르지만, 나는 빨간 스카프를 두른 자전거 타는 늙은이로 한동안 알려졌던 것 같다.

농원 안에 둥지를 튼 농원 원장을 포함해 네 집이 추렴을 해서 집들이를 하기로 했다. 계곡을 따라서 열 집 정도가 띄엄띄엄 사이좋게 살고 있었고, 총 인구가 40명이 넘지 않았다. 대부분 노인네와 부녀자들이었고, 젊은이는 다섯손가락을 넘지 않았다. 160만 원짜리 소 한 마리를 잡기로 했는데, 소 잡고 집들이 한다는 얘기는 들어 보았지만 우리에게는 생소한 경험이었고 더불어 상당한 관심을 불러 일으켰다.

농원 한 귀퉁이 냇물 가에서 아침 일찍부터 잔치가 벌어졌다. 산악자전거를 타고 돌아다닐 때 만난 낯익은 얼굴들이 모였고, 우리들도 이제 이곳 홍정계곡의 원주민으로 정식 데뷔하는 신고식도 함께 치르는 격이었다. 주민들이 전날 벌써 소를 잡아 불고기감과 국거리감으로 나누어 가져왔다. 커다란 솥과 석쇠 등을 다 준비하고 야채와 술을 곁들이니 소나무 숲 속에서 냇물에 발 담그며 먹고 마시는 완전한 자연 속의 바비큐 파티가 되었다. 주민들은 얄미울 정도로 완벽하고 익숙한 솜씨로 잔치를 준비해 주었다.

진짜 원주민들과 신참자가 어울린 즐거운 잔치였다. 소주가 한 순배씩 돌아가기 시작했다. 정오 무렵이 되자 나는 꽤 취해 있었다. 술 깨나 먹는다는 나도 견디기 힘들 정도였는데, 주민들은 이제 시작이라는 표정이었다. 얘기로만 듣던 사실을 확인하는 자리이기도 했다. 시골 사는 이들은 아침부터 페트병으로 소주를 마시기 시작해서 저녁때까지 조금씩 마시지만 그 양은 실로 어마어마하다. 시골 생활에서는 모든 것이 지구전이지만 술 마시기 역시 철저한 지구전이었으니 도시에서 다져진 속전속결의 술 마시기는 상대가 되지 않았다. 실컷 먹고 마신 이 잔치는 땅거미가 내려앉은 저녁 여덟 시나 되어서 끝났지만, 나는 이미 취해서 한참 곤한 잠에 빠져 있었다.

그 일이 있은 후 지금까지 수십 채의 펜션이 들어왔지만 원주민들과 함께 신참들이 소 잡고 집들이를 했다는 얘기는 들어 본 적이 없다. 외지인들의 숫자에 압도되고 요란한 신축 건물에 압도되어서였을까.

초기에 만든 습작 수준의 새 먹이집은 세월이 흘러도 여전히 건재하다. 똑같은 헌 판재로 만든 이 새집은 무척
화려한 느낌을 준다. 세상은 변하고 내 새집도 다채롭게 달라진 모습으로 태어난다.

시골 생활에서 달라지는 것

오랫동안 시골에 붙박이로 살고 있는 사람들은 물 맑고 공기 좋은 곳에서 매일매일 자연을 벗 삼아 산다는 것을 의식하지 않는 것 같다. 이들의 눈에는 작년과 똑같은 산, 숲, 물이고 철따라 피는 꽃도 예년에 피었던 그 꽃이 또 핀다는 무관심 속에서 나날의 삶을 이어간다는 생각이 든다.

그러나 우리 부부에게는 모든 것이 새로웠다. 이 산골 마을에 들어와 살면서 자연스럽게 주위에 흔하게 널려 있는 풀, 꽃나무, 바위, 졸졸 흐르는 시냇물 그리고 말없이 자라는 무성한 나무에 관심을 갖고 매일매일 유심히 관찰하게 되었다. 비가 오면 계곡물이 얼마나 불었나, 이름 없는 풀꽃들이 얼마나 피었는지, 물속의 물고기는 주로 어디에 모여드는지, 산속의 토끼와 고라니는 어젯밤 사이 산기슭 어디까지 내려왔는지 살펴보느라 여념이 없다. 눈에 띄는 모든 생물과 무생물이 무심하게 우리의 눈 밖을 벗어나지 않는다.

하루가 무척 길어진 이유를 곰곰이 생각해 본다. 개 끌고 아침 산책을 나서고, 주위를 한바탕 치우고 나면 나는 내 작업실로 내려간다. 처는 음악을 듣거나 자수를 놓는다. 점심 후에는 잠깐 낮잠을 청하고 다시 새집 작업에 들어가기 전에 재활용 목재를 찾아 공사 현장을 뒤져 본다. 작업을 끝내고 나서는 저녁을 먹고 책을 읽는다. 졸릴 때까지 계속 읽는다.

일이 많아서 하루가 길어진 건 아닌 것 같다. 그건 여유가 생겼기 때문이다. 어떤 작업을 하든, 책을 읽든 음악을 듣든 시간에 쫓기지 않기 때문이다. 오늘 못하면 내일 하면 되고, 하기 싫으면 옆 동네 친구의 집을 찾아가면 된다. 시도 때도 없이 울리는 전화와 휴대전화 소리도 없다. 꼭 지켜야 할 약속도 없고 마냥 게으름을 피울 수 있다. 몇 년 만에 느껴 보는 푸근함인가.

휴지 한 조각, 담배꽁초 하나 함부로 버리지 않게 된다. 산책길에 나서도 풀 한 포기, 한 뼘도 채 못 되는 어린 나무들을 밟지 않기 위해 조심을 하게 된다. 무엇보다도 가장 큰 변화는 몸을 자주 움직여 가며 페인트 칠을 하고 대문을 손질하고 데크 바닥을 수선하는 등 거의 모든 일을 우리 손으로 직접 해낸다는 점일 것이다.

겨울철에는 집에 찾아오는 산새들에게 먹이를 주고, 봄철 산란기에는 우리가 달아 준 새집에 둥지를 틀고 알을 품는 산새를 보는 것은 즐거운 일이 되었다. 고소 공포증이 있는 내가 지붕에 올라가 수북이 쌓인 낙엽을 쓸어 내는 것도 크게 달라진 일이다. 곤충과 벌레를 보면 질색을 하던 처가 이제는 무서움을 타지 않고 방 안 구석에 거미가 쳐놓은 거미줄을 구태여 없애 버리지 않는 것도 크게 달라진 일이다.

여름철이면 방 안으로 들어온 나방과 풍뎅이, 이름 모를 벌레들을 창문을 열고 다시 바깥으로 내보내는 것은 이제는 당연한 일로 우리 생활에 자리잡았다. 방 안의 거미줄이 찾아온 친구나 손님들에게 창피스럽게 느껴지기도 하지만, 거미들

7,8평쯤 되는 우리의 자그마한 야생화 꽃밭에 있는 인동초(위)와 왕쌀새(아래). 인동초는 넝쿨지며 화려한 자태를 뽐내지만 벼과에 속하는 왕쌀새는 가느다란 줄기에 쌀알처럼 피어나는 꽃이 소박한 아름다움을 전한다.

도 먹고 살아야 하니 웬만하면 그냥 놔두기로 했다.

계절의 변화가 피부에 와닿는다. 여름이면 덥고, 겨울이 되면 추워지는 자연의 생리를 짜증을 내지 않고 그대로 받아들인다. 배려, 관용 그리고 공생이라는 단어가 자연스럽게 우리의 생활 속으로 들어오고 그 적용 범위가 넓어진다.

우리를 찾아온 '랫시'와 '버피'

둥지를 튼 첫 해가 거의 끝나 갈 무렵 커다란 개 한 마리가 우리 집 근처를 서성거리고 있었다. 끊어진 사슬이 목줄에 붙어 있었고 몹시 배가 고픈 듯 기운이 없어 보였다. 개를 좋아하는 우리 부부는 곧장 먹을 것을 챙겨 주었다. 개는 아주 맛있게 밥을 먹었다. 처음에 우리 부부는 동네 개가 그냥 놀러온 것 정도로 생각했다.

　날이 꽤 추웠던 다음 날에도 그 개는 떠나지 않고 우리 집 근처에 그대로 머물러 있었다. 우리는 곧 개 주인이 찾아올 것이라 여기며 데크 아래층 창고 안에 잠자리를 만들어 주었다. 그러나 한 달이 지났는데도 개 주인은 나타나지 않았다. 우리는 양몰이 개 코리종인 이 개에게 '랫시'라는 이름을 지어 주었다. 랫시는 우리와 함께 눌러 살면서 새끼들을 낳았고, 그 중에서 수놈 한 마리 '버피'가 새로운 식구가 되었다.

　시골에서는 집집마다 개 한두 마리는 다 기른다. 강아지 때부터 하루 종일 묶어 두거나 어느 정도 자라면 내다 파는 식으로 개를 기른다. 몹시도 가난했던 이 홍정계곡에도 몇 년 전까지만 해도 부업으로 내다 팔 개를 주로 키웠지만, 사료 값이 많이 올라 이제는 사육을 하지 않는다.

우리 부부가 몸집이 커다란 랫시와 버피 두 마리를 데리고 자주 산책길에 나서면 동네 사람들은 신기한 듯 바라보곤 했다. 하나의 구성물, 흔하디 흔한 나무와 풀꽃처럼 언제나 그 자리에 있었던 것으로 치부했던 개, 때로는 다리 밑에서 몽둥이로 때려잡아 먹기도 했던 개, 그것도 덩치가 아주 큰 개 두 마리를 자상하게 돌봐 주고 귀여워하며 여기저기 데리고 다니니 동네 사람들의 관심을 모은 것은 자연스러운 일이었고 하나의 사건이기도 했다.

버피가 태어나고 랫시가 우리 집에서 산 지 2년이 지나도록 주인은 나타나지 않았다. 우리가 보기에 이런 시골에서 코리종인 랫시와 같은 큰 개를 기른다는 게 좀 납득이 가지 않았지만, 시간이 흐르면서 '들어온 개', '남의 개'란 생각은 우리 머릿속에서 자연스럽게 사라졌다.

어느 화창한 봄날, 랫시와 버피를 데리고 농원 안을 산책하고 있는데 랫시가 귀를 쫑긋 하더니 갑자기 달려가기 시작했다. 아래위로 검은 옷을 입은 웬 남자에게 가더니 꼬리치며 반기고 있었다. 그리고 그 남자는 "폴, 폴!" 하며 랫시를 불러댔다. 이제야 주인이 나타난 듯했다. 주인으로 보이는 사람의 인상이 그다지 좋지 않았다. 가느다란 나뭇가지 하나만 들고 있는 남자 앞에 납작 엎드려 벌벌 기는 랫시의 모습을 보니 강아지 때부터 주인한테 꽤나 맞으면서 자랐을 것이란 생각이 들었다.

나중에 처한테 들은 얘기지만, 주인은 틀림없었고 랫시를 데리고 가라 했더니 개를 잘 키우셨다면서 그냥 계속 키우라고 하고는 슬그머니 사라졌다고 했다. 시골에서는 남의 개를 키워 주면 나중에 개 주인이 그동안 키운 값을 내고 찾아가는 게 관례라고 했다. 우리가 랫시를 2년 이상 키웠으니 물어 줄 사료 값만 해도 상당한 금액인 데다 또 얼마만큼의 사례금도 내야 했으니 미리 포기한 듯했다. 하지만 우리 부부는 그런 관례가 있는 줄도 몰랐고 또 전혀 그럴 생각도 없었다. 오히려 그동안 즐겁게 개를 데리고 지냈으니 고맙다고 할 생각이었다.

랫시와 버피를 데리고 계곡물 속으로 들어가면 랫시는 그 자리에서 조금도 움직이려고 하지 않았다. 할 수 없이 허리 가까이 차는 물 속으로 들어가 몇 번을 끌어내야 했다. 알고 보니 짐승이면 본능적으로 하는 헤엄 치는 법을 모르고 있는 게 아닌가. 장마 때는 계곡물을 건너다 빠져 떠내려가던 랫시를 마을 사람이 익사 직전에 건져내 준 적이 있다. 또 줄이 풀리면 집 밖으로 나가 정처 없이 다른 동네를 헤매고 다니곤 했다. 우리 개란 걸 아는 동네 사람이 전화를 주어 찾아온 적이 몇 번이었던가. 순하고 사람 좋아하는 랫시와 버피는 지나가는 사람들 가리지 않고 꼬리를 흔들며 반긴다. 그래서 농원을 찾아오는 사람들, 특히 어린아이들한테 인기가 많다.

시골에서 살면 조용한 한낮이나 깜깜한 밤중 갑자기 마주치는 낯선 사람만큼 두려운 일은 없다. 미리 인기척을 느꼈다면 무서울 게 없지만 불쑥 대문이나 현관문을 열고 들어온다든지, 노크 없이 작업실 문을 열고 불쑥 머리를 내밀 때면 정말 깜짝 놀랄 수밖에 없다. 개가 있으면 미리 짖어 알려 주니까 마음이 한결 든든해진다.

아직도 내 것, 네 것, 네 숲, 내 숲의 개념이 희박한 시골 동네에서 개 한두 마리는 키워야 하는 이유가 생기는 것이다. 몸집은 크나 순하디 순한 랫시와 버피, 사람을 너무 좋아해서 낯선 이들에게도 꼬리치며 반기지만 우리 부부에게는 든든한 친구다.

사람 좋아하는 개 랫시와 버피는 이제 우리의 식구가 되어 함께 살아간다.

환풍기 연통 속에
둥지를 튼 새

첫 살림을 시작한 늦은 봄날, 부엌 환풍기 쪽에서 이상한 소리가 들렸다. 하루 이틀
이 지나도 그 소리는 잦아지지 않았다.

어느 조용한 오후 귀 기울여 보니 그 소리는 알에서 깨어난 새끼 새들의 쩍
쩍거리는 소리였다. 바로 환풍기 연통 깊숙한 곳에 어미 새가 알을 낳고 그 알에서
깨어난 새끼들이 먹이를 달라고 짖는 울음소리였다. 그때부터 우리는 환풍기를 사
용하지 않기로 하고 환풍기 연통 속에서 삶을 시작한 새끼 새들을 조용히 지켜보
기 시작했다.

새끼 새들의 쩍쩍거리는 소리가 나날이 커져 가던 어느 날 어미 새 두 마리
가 바삐 날아다니고 있었다. 그 새들은 박새나 곤줄박이였지만 우리 부부는 당시만
해도 무슨 종류의 새인지도 몰랐다. 쩍쩍 우는 소리가 하도 요란해서 뒷문을 열고
나가 보니 새끼 새 한 마리가 연통 끝에 매달려 있다가 뒷마당으로 4.5미터도 채 날

지 못하고 땅 위에 떨어졌다. 이어서 또 한 마리, 또 한 마리, 네 번째 새끼까지.

새는 그걸 첫 비상이라고 했겠지만 우리 눈에는 지상으로 떨어진 첫 번째 추락으로 보였다. 어미 새들은 떨어진 새끼들을 향해 더욱 크게 짹짹거리면서 이 나무 저 나무로 날아다니며 부지런을 떨고 있었다. 나는 창고에서 사다리를 갖고 와서 지상으로 추락한 네 마리 새끼들을 주워 들고 다시 연통 속의 그들 집으로 넣어 주었다.

그것도 잠시. 다시 요란한 새들의 울음소리에 나가 보니 이놈들이 연통 끝에 매달려 추락을 하고, 어미 새들은 아까보다 더 맹렬히 날아다니고 있었다. 다시 공들여 땅에 떨어진 새끼들을 연통 속의 둥지로 올려놓는데, 이번에는 어미 새들이 겁도 없이 달려들어 내 머리를 쪼아대며 맹렬한 기세로 공격을 가했다.

조금 시간이 지나자 똑같은 일이 다시 벌어졌다. 이젠 정말 짜증이 났다. 처와 이런 저런 얘기를 나누다가 그제야 겨우 깨달았다. 어미 새 두 마리가 부지런히 날아다니며 요란스럽게 짹짹거린 것은 새끼들을 둥지에서 불러내기 위한 것이고, 이 신호에 따라 새끼들이 둥지를 박차고 나와 추락, 아니 무한한 가능성의 세계로 나가는 첫 비상이란 것을 말이다. 네 마리의 새끼들 가운데 과연 몇 마리나 살아남을지 의문이 든다.

환풍기 연통 속 둥지에서 이들이 보낸 시간은 짧게는 한 달, 길게는 한 달 반 정도다. 새 생명이 탄생해서 미지의 세계로 나가는 필연적인 과정일 것이다. 주위에 새집을 여러 개 달아 놓아도 해마다 한 번씩 이 환풍기 속의 둥지로 새들은 다시 찾아오곤 한다.

봉평댁과 장날 풍경

시골 생활에는 처가 나보다 훨씬 빨리 적응해 나갔다. 집이 조금씩 정리되고 집 주위의 풍경에 익숙해지자 처는 자연스럽게 동네 사람들과 어울리고 농원 안의 밭일을 거들면서 일 나온 아낙네들과 수다를 떨며 말꼬를 트기 시작했다.

처의 장점은 상대방의 얘기를 잘 들어주는 점이다. 아낙네들이 싸갖고 온 도시락을 먹을 때면 맛있다고 하며, 이 김치는 어떻게 만들고 저 나물은 이름이 무엇이냐 하며 격의 없이 자연스럽게 대화를 끌고 나가니 누가 싫어하겠는가.

시골에서 살다 보니까 도시보다 남녀 간의 내외가 심하지 않았고, 첫 만남에서는 무뚝뚝하고 정나미가 떨어져도 그 단계만 넘어서면 금방 친해질 수 있었다. 오십 줄을 넘어선 나이 덕도 있겠지만, 처는 정말로 사람들을 잘 사귀었고 특히 어린아이들을 좋아했다. 본인 스스로도 이제는 봉평댁이 되었고, 멋쟁이 봉평댁은 스스럼 없이 산골 동네에서 인기 인사 노릇을 톡톡히 하고 있다.

매달 2일과 7일이면 어김없이 오일장인 봉평장이 선다. 봉평에도 이제는 슈퍼마켓부터 마트까지 생기고 정육점도
다섯 군데가 넘지만 우리 부부는 장날이 되면 꼭 장에 들른다.

     매달 2일과 7일이면 어김없이 오일장인 봉평장이 선다. 봉평장이라고 하면 이효석의 『메밀꽃 필 무렵』을 누구나 떠올리게 마련인데, 이효석은 몰라도 메밀꽃 얘기를 하면 사람들은 봉평을 금방 기억해 내기도 한다.

     처음 이곳에 와서 봉평장을 찾았을 때는 소위 봉평 번화가, 200미터 정도 되는 주도로의 이면도로에서 장이 섰다. 아주 작은 규모였고 특히 아침부터 비가 부슬부슬 내리는 날에는 초라한 느낌을 지울 수가 없었다. 남도 여행 때 둘러보았던 이름 있는 장에 비하면 활기도 없는 소규모의 장이지만 그래도 있을 것은 다 있었다.

     좌판에 생선을 벌려 놓은 아줌마가 발 옆에 모기향을 피워 놓고 열심히 고등어며 냉동 오징어를 손질하고 있고, 한구석에서는 몇몇 할머니들이 집에서 기른 채소와 들깨며 콩을 조금씩 좌판에 올려놓고 팔고 있었다. 역시 감자전이며 국수를 파는 가게 두세 군데가 가장 활기를 띠었고 더덕, 도라지, 취나물을 파는 좌판이 여러 개 있고 대형 트럭에 널따랗게 판을 벌린 신발가게도 관심을 끌었다. 머리 빗, 핀, 고무줄, 서울에서는 구할 수 없는 각종 잡동사니를 파는 좌판과 서너 군데의 옷 가게 역시 빠질 수 없는 장날의 풍경이었다.

봉평댁인 처는 장이 서면 무척 즐거워했다. 봉평에도 이제는 슈퍼마켓부터 마트까지 생기고 정육점도 다섯 군데가 넘고 하나도 없던 자장면 집도 두 군데로 늘어나고 인터넷 카페도 생기고 음식점은 부지기수로 많이 생겼지만 우리 부부는 장날이 되면 꼭 장에 들른다.

신발가게에서는 고무장화와 겨울에 신는 방한화를 사고 할머니 야채 좌판 에서 들깨나 채소를 조금 사고 농기구와 고물을 파는 철물 좌판에서는 엿장수의 엿가위를 사기도 했다. 그릇 사기를 즐기는 처는 조금씩 흠집은 있지만 아주 싼 그 릇을 가끔씩 많이 사는 바람에 그릇 좌판 아저씨의 단골이 되었다. 봉평댁은 장에 서도 단골 아줌마들이 많았고, 얼굴이 많이 알려지니 꽤 유명인사가 된 셈이다. 그 런 처도 장날 쇼핑에는 나름대로 원칙이 있었다. 모두 합쳐 봐야 얼마 안 되겠지만, 한 군데서 다 사지 않고 몇 군데서 골고루 조금씩 나눠 사는 것 같았다.

요즈음 와서는 관광 붐과 함께 이효석 선생이 태어난 곳이라는 유명세를 타 고 호석 문화제도 열려 봄부터 늦가을까지 많은 사람들이 찾아온다. 무엇보다도 봉 평면 안에 펜션이 우후죽순으로 생겨나 분주한 지방 도시로 탈바꿈한 모습이다. 장 의 규모도 몇 년 전보다 세 배 이상 커졌다. 외지인들이 많이 찾아오는 덕에 규모는 커졌지만, 그 내용의 아기자기함은 아직 남아 있으니 다행스럽다는 생각이 든다.

서울 친구들이 왔을 때 장이 서면 함께 장에 간다. 이것저것 사며 재미있게 둘러보니 나도 그렇고 봉평댁도 만족스러워한다.

우리가 사는 곳에서 정선까지는 차로 한 시간이 조금 넘게 걸린다. 진부를 거쳐 오대천을 끼고 달리는 도로는 직선도로가 거의 없는 몹시 구불거리는 2차선

도로지만, 철따라 아주 근사한 풍경을 자아내고 있어 우리는 해마다 한두 번은 이 길로 드라이브를 나서고 정선을 들르기도 한다.

정선장도 오일장이고, 강원도에서 제일 유명한 장이 되어 이곳까지 관광 열차도 다니고 많은 사람들이 찾는다. 유명세를 치르면 장날의 고유한 멋은 사라지게 마련이다. 도시인들이 시골 장을 찾는 것은 가슴 한구석에 남아 있는 시골에 대한 막연한 동경 때문이라고 본다. 원두막을 그려 보고 과수원 길을 생각해 보고 감자와 옥수수를 맛보고 좌판을 벌리고 토속적인 그 지역의 생산물을 파는 것을 당연히 그려 보게 된다.

자기네 고장의 고유한 멋과 맛을 풍겨야 그 생명이 오래 지속된다. 정선장을 생각해 볼 때마다 조금씩 걱정이 앞선다. 어느 좌판에서 중국산 물건이 판을 칠까 걱정이다. 일회성에 그치는 것이 아니라 지속적인 계획을 세워 볼거리와 먹을거리가 특색 있는 장날이 되기를 바란다.

시골에는 비밀이 없다

"중앙 가축 병원이지요? 원장 선생님이신가요? 여기는 코리 엄마, 코리네 집이에 요."

개들이 눈병이 나서 진부에 있는 수의과 의사에게 전화할 때 처가 하는 얘기다. 남들이 들으면 애가 아파서 병원에 전화 거는 것으로 알겠지만, 우리 부부는 이렇게 몇 년째 개 엄마, 개 아빠로 마을에서 불리고 있다.

어린 송아지만한 커다란 코리종 개 두 마리를 끌고 자주 흥정계곡 길을 다녔으니까 마을 사람 누구에게나 눈에 띄었을 테고, 농원 안에서 일하는 직원과 아줌마들은 개와 사람처럼 대화를 나누는 우리가 퍽이나 이상스럽게 보였을 것이다. 나더러 '개 아빠'라고 부르는 소리를 처음 들었을 때는 기분이 좋지 않았는데, 개를 끌고 농원 안을 거닐면 밭에서 일하던 아줌마들까지 "너희들 좋겠다. 아빠, 엄마와 같이 다니니." 하는 것을 보면 절대로 비하하거나 놀리는 얘기는 아니었다.

처음 이곳에 들어왔을 때는 휴대전화를 사용할 수 없었다. 천 미터가 넘는 산이 주위를 둘러싸고 있고 나무가 울창하게 우거져 있어 가장 낮은 동쪽으로 1.5 킬로미터 정도 내려가야 겨우 통화가 되었다. 그만큼 한적하고 사람들이 별로 찾지 않았다는 얘기다. 그런데 3, 4년이 지나면서 농원도 커지고 세상에 조금씩 알려지면서 휴대전화가 안 터지는 이 평화스럽고 한적함은 한순간에 깨져 버렸다. 이곳을 찾는 젊은 사람들 입에서 불평이 터져나오자 이동 전화 회사들이 잽싸게 산자락에 중계탑을 세웠기 때문이다.

어느 날 처를 따라 장에 가보니 아줌마들이 거의 대부분 휴대전화를 차고 있었고, 열심히 이곳저곳으로 통화하고 있었다. 장날의 풍경과는 전혀 어울리지 않았다.

재벌 회사에서 마지막 월급쟁이 생활을 할 때다. 회장님을 모시고 다니는 일이 꽤 많았는데, 어느 호텔에서 첫 상견례를 하는 자리에서 첫마디가 휴대전화가 몇 번이냐고 묻는 것이었다. 내가 휴대전화가 없다고 하자 마치 구석기 시대의 유인원을 만난 듯한 표정을 짓던 것이 생각난다.

근무를 시작하자마자 그 즉시 휴대전화가 날아왔고, 그 후로는 시도 때도 없이 전화가 걸려 와 신경 쇠약에 걸릴 정도였다. 회장님이 불안하면 나도 불안해야 했다. 별 내용이 아니더라도 수시로 회장님께 전화를 해야 했다. 하지만 나는 꼭 필요한 일 이외에는 전화기를 쓰지 않았다. 휴대전화의 이점을 몰라서가 아니라 거기에 짓눌려 살기 싫었고 또 사생활을 침범하는 공공의 적 1호라고 느꼈기 때문이다. 언젠가 한번은 새집에도 전화나 휴대전화를 만들어 붙이고 전화번호를 써넣으면 어떻겠냐는 이상한 제의가 들어오기도 했지만, 점잖게 새도 그들만의 사생활이 있다면서 거절한 적도 있었다.

개 엄마 아빠 얘기, 늙은이 둘이 금실이 좋아 꼭꼭 붙어 다닌다는 얘기, 돈

이 많아 아무것도 안 하고 시골에 내려와 살면서 뭔가 만들기 시작했는지 하루 종일 작업실에 붙어 있다는 얘기 등이 바람처럼 흘러다녔다.

시골은 공간적으로는 무척 넓다. 그러나 시청각적으로는 아주 좁은 곳이다. 농원이 무지무지하게 돈을 벌어들이기 시작하고 홍정계곡 땅값이 훌쩍 뛰었다는 얘기도 자연스럽게 들려왔다. 진실하지만 약간은 과장된 소문 속에서 즐겁게 하루하루 살아간다.

휴대전화의 보급과 함께 우리의 생활을 만천하에 내놓고 사는 것이지만 〈봄날은 간다〉의 느린 템포가 아주 빠르게 변화했다고나 할까. 그렇지만 초현대풍이라는 바람이 불어닥칠 때마다 그 바람에 떠밀려 가지 않는 것도 나름대로 명예로운 일이라고 여겨지고, 또 스스로 가치가 있다고 여기는 것을 붙들고 꿋꿋이 버티는 것, 그 시대의 단단한 참나무가 되는 것도 의미 있는 일이라고 생각한다. 이것도 마이너리티로서의 고집일까.

고향 막국수 집

봉평의 대표적인 먹거리는 역시 막국수라고 생각한다. 강원도 어디를 가나 막국수 집이 흔하지만, 돼지고기 수육과 막국수는 집마다 맛이 다르다. 메밀은 원래가 구황 식물이고 아무리 척박한 곳에서도 씨만 뿌리면 잘 자라기 때문에 깊은 산속에서 살던 화전민에게도 귀중한 식량이 될 수 있었을 것이다. 또한 메밀은 한때 감자와 함께 가난의 상징이기도 했다.

꽤 오래 전 일이지만 어느 초여름 날 나는 처와 함께 차를 타고 경춘가도를 따라 양구 쪽까지 올라갔다가 인제로 내달렸다. 전형적인 산골 드라이브였다. 그때나 지금이나 강원도 깊숙한 곳 어디를 가도 막국수와 닭백숙 그리고 감자전을 파는 집은 많았다.

우리는 일단 영동 고속도로를 타고 강릉까지 갔다. 일종의 막국수 맛보기 여행이었다고나 할까. 첫날 점심은 닭갈비로 유명한 춘천 인근의 한 허름한 집에서 막국수를 먹었다. 사골 육수로 국물을 낸 막국수는 무척 달고 맛있었다. 그리고 다시 경치를 감상하며 달렸다. 저녁은 옛날 설악산을 오갈 때 자주 들렀던 집에서 돼지고기 수육과 함께 비빔 막국수를 시켜 먹었다. 식당이 조금 커지긴 했지만 여전히 음식 값이 싸고 먹을 만했다. 그리고 돌아오는 길에도 또 한 차례 감자전을 곁들여 막국수를 먹었는데 집집마다 육수 맛과 국수 가락의 색과 쫄깃쫄깃함이 조금씩 차이가 있었던 것으로 기억한다.

8년 전, 처음으로 홍정계곡을 찾았다가 방이 없어서 계곡 바로 옆 동네인 면온 쪽으로 가서 민박을 한 적이 있다. 스키장의 호텔과 콘도가 거대한 괴물처럼 우뚝 서 있었고, 늦봄의 비수기라 꼭 유령도시에 온 것 같았다.

봉평에서 저녁을 먹으러 처음으로 들른 집이 고향 막국수 집이었다. 젊은 주인 내외와 어머님 되시는 분이 함께하는 아주 조그만 집이었는데, 소주 한잔에 아주 얇게 지져낸 메밀전과 함께 먹은 막국수 맛이 일품이었다.

우리가 홍정계곡에 눌러앉은 지 2년쯤 되었을 때 이 막국수 집은 봉평면 번화가로 자리를 옮겼고, 수육 한 접시에 소주 생각이 날 때면 그 집을 찾아 젊은 주인과 함께 얘기를 나누며 소주를 같이 마시기도 했다. 옮기고 나서 한동안은 손님이 뜸한 편이었는데, 그건 그때까지도 봉평이 관광지로 떠오르지 않았기 때문이었다.

이 집의 막국수 국물은 사골이나 고기 종류를 전혀 쓰지 않고 순전히 야채로만 사용했다. 또 돼지고기 수육은 열다섯 가지의 약재를 써서 삶아 낸다는데, 그 맛이 아주 독특했다. 많은 사람들이 우리 홍정계곡 집을 찾아왔고, 봉평이라면 늘 이효석 선생과 메밀꽃 막국수를 떠올리기에 서울로 떠나가기 전에는 이 막국수 집에서 점심을 먹고 가는 것이 관례처럼 되었다.

봉평에도 막국수 집은 대여섯 군데나 있고 우리는 한두 번씩은 이 집 저 집 돌아다니며 맛을 보았지만, 고향 막국수 집의 막국수, 수육과는 전혀 비교가 되지 않았다. 숱한 친구들과 손님들에게 이 집을 열심히 소개했고, 모두들 맛이 있다고 했다. 한 집을 8년 동안이나 먹으러 다니니 영업부장 노릇도 톡톡히 한 셈이다.

봉평이 관광지로 유명해지면서 고향 막국수 집도 나날이 번창해 갔다. 우리가 처음 고향 막국수 집을 찾았을 때 어린아이였던 두 아들이 훌쩍 자라 큰 아이는 벌써 중학생이 되었고 나도 이제 환갑을 훌쩍 뛰어넘었다. 막국수 집의 전 사장도 이제 장년에 들어섰고, 한 우물파기 10년 만에 사업이 번창해 새 집을 짓고 자기 식당 건물을 갖게 되었다. 그리고 우리가 사는 농원도 시작한 지 10년이 넘으면서 대단한 성공을 거두고 있었다.

막국수 집과 농원, 우리가 그 긴 세월의 성장을 지켜본 장본인인 셈인데, 어느 날 처가 웃으면서 말한다.

"그럼, 우리는 그동안 뭘 했지?"

나도 웃으면서 대답한다.

"새집 5백 채 이상 지었잖아. 우리가 훨씬 더 성공한 셈이지. 모두 공짜로 지어 주고 대성공을 거두었으니까."

그래서 우리 부부는 마음의 부자가 아닌가.

새집에 대한 사람들의 고정관념을 깨는 것도 새집 짓기의 즐거움 중 하나다. 디자인과 소재가 무궁무진해서
마음껏 상상의 날개를 펼 수 있다. 그래서 새집 짓기는 자유를 만끽하는 작업이라 할 수 있다.

이북음식 이야기

어제, 그제의 일은 새까맣게 잊어버리고는 하지만 몇 십 년 전 어렸을 때의 기억은 생생하게 떠오른다. 그 중 하나가 어머님을 따라 시장에 가던 일이다. 광화문 근처 당주동에 살 때는 우리 집에 늘 손님이 많았다. 그래서 어머님은 일주일에도 두세 번씩 장을 보러 가셨고, 그럴 때면 늘 나를 데리고 가셨다. 나도 시장에 가는 것이 싫지 않았다.

지금의 동대문 시장은 무척 대단한 규모로 커졌지만 그때도 이 자리에 있었다. 어머님은 생선가게를 자주 가셨고 야채가게와 정육점을 빠뜨리지 않았다. 오래 거래한 단골손님이었기에 시장에 가면 아는 사람들이 반갑게 맞아 주곤 했다. 사과는 두세 상자를 한꺼번에 사서 단골 지게꾼 아저씨가 늘 당주동 집까지 날라 주었다. 동대문 시장에서 우리 집이 있는 광화문까지는 그리 먼 거리도 아니었기에 어느 때는 나만 먼저 지게꾼 아저씨와 같이 걸으면서 집으로 돌아오기도 했다.

모든 것이 느린 그림처럼, 영화의 슬로 모션 장면처럼 이상할 정도로 생생하게 떠오르곤 한다. 어머니는 음식을 만들 때 맨 먼저 내게 맛을 보라고 주시면서 싱겁지 않냐 좀 짜지 않냐고 물어 보셨다. 그럼 나는 나름대로 품평을 하기도 했다. 지금도 내 고향인 평안도의 평양 음식이 유독 생각난다.

대표적인 평안도 음식을 세 개 꼽으라면 당연 평양냉면과 만두 그리고 빈대떡을 들겠다. 이외에도 갈비찜, 잡채, 돼지 고기전, 약간 싱거운 국물이 있는 김장 김치 그리고 간식으로 자주 먹는 김치말이, 동치미 국수말이도 나름대로 특색 있는 음식이다.

보통 이북 사람들, 그 중에서도 평안도 사람들은 고기를 즐기며 밥상에는 남도 음식상처럼 오밀조밀하게 여러 가지 반찬과 음식을 올려놓지 않는다. 음식 가짓수는 몇 안 되더라도 푸짐하게 쌓아 놓고 먹는 식이다.

평안도 사람들은 특히 냉면을 즐겨 먹는다. 나도 고향이 평양이니 어려서부터 냉면을 자주 먹었다. 냉면은 원래 겨울 음식이다. 뜨끈뜨끈한 온돌방에서 동치미 독에 살짝 언 얼음을 깨고 꿩고기나 돼지고기를 얹어 국수를 말아 먹는 것이 정석이다. 메밀국수 자체가 영양이 적은 음식이라서 이것만 먹으면 금방 배가 고파지니 영양상의 균형을 맞추기 위해 꿩고기나 돼지고기, 때로는 닭고기도 얹어 함께 먹는 것이다.

세상도 변해서 이제 사람들은 한여름의 시원한 냉면 맛을 즐기지만, 여름철에 먹는 냉면은 조리에 신경을 쓰지 않으면 대장균의 온상이 되기도 한다. 우리는 여름철에 냉면을 거의 먹지 않는다. 그 대용식으로 막국수가 제격이다. 한방에서는 녹두나 메밀, 돼지고기를 찬(冷) 음식으로 분류한다. 한여름에 막국수를 한 그릇 먹고 나면 더위는 가시고 온몸이 서늘해진다.

만두와 빈대떡은 설날이나 손님을 초대해서 잔치를 벌일 때면 빠지지 않고 나오는 대표적인 이북 음식이다. 평양과 평안북도의 만두는 약간 차이가 있다. 두 곳 모두 만두를 크게 빚지만, 평안북도 사람들은 푹 쪄서 초간장에 주로 찍어 먹는다. 어렸을 때 신의주가 고향인 친구 집에 가면 친구 어머님은 커다란 쟁반에 가득 찐 만두를 저녁으로 주시곤 했다.

평양식 만두는 쪄서도 먹지만, 고기 국물에 만두를 넣어서 먹는 만두국이 정식이다. 만두 속은 돼지고기를 잘게 다지거나 갈아서 속을 넣는 것이 정석이지만 두부와 김치를 썰어 넣기도 한다. 만두국은 우리가 생각하는 것보다는 손이 많이 가는 음식이다.

물론 빈대떡도 마찬가지다. 빈대떡은 평양과 황해도가 그 전형이라 할 수 있다. 녹두를 갈아 김치를 잘게 썰어 넣고, 다진 돼지고기나 간 돼지고기를 넣어 잘 섞은 다음 두꺼운 무쇠 철판 위에서 지지곤 했다. 냉장고가 없던 시절에는 커다란 광주리에 넣어 놓고 그때그때 꺼내 지져 먹던 기억이 난다. 무엇보다도 평양식 빈대떡은 크기가 작고 고소한 것이 특징이다.

이북의 겨울은 무척 춥고 길다. 그래서 열량이 높은 육식류, 그것도 푸짐하게 먹어야 하고 음식 간은 싱겁게 마련이다. 그래서 평안도식 김장 김치는 약간은 싱거우며 김칫국물이 넉넉하다. 여기에서 나온 것이 김치말이다. 커다란 대접에 김장김치를 썰어 넣고 밥과 함께 약간의 김칫국물을 넣어 참기름과 깨소금을 뿌려 먹는 음식이다. 밤참이나 술 마시고 난 후 늘 애용하는 이북 음식이다.

갈비를 적당한 크기로 자르고 밤, 대추, 은행, 잣을 넣고 약간 싱겁게 간을 맞추어 서너 시간 약한 불로 끓여내 먹는 것이 이북식 갈비찜이다. 갈비가 푹 익어 뼈와 고기에서 나온 국물은 진국이 되고, 국물에 밥을 비벼 먹으면 다른 반찬이 필요 없을 정도다. 여름 한창 더운 복날에는 민어국을 먹었다. 요즘은 삼계탕이나 개고기를 많이 먹지만, 그 때는 민어가 귀하지 않았기에 가능한 일이었지 않나 싶다.

장모님은 고향이 충청도였기에 가끔 처갓집을 가면 청국장찌개가 늘 따라 나왔다. 우리 어머님은 이북 사람이라 그런지 청국장이란 걸 잘 몰랐다. 대신 소고기를 썰어 넣고 고추장을 풀어 풋고추 몇 개 넣은 고추장 찌게를 잘 끓여 주셨는데 아직도 그 맛은 잊지 못할 것 같다.

서울 사람이었던 처는 시집을 와서 빈대떡이며 만두, 갈비찜을 어머님한테 배웠다. 즉석에서 동치미 국물로 국수를 말아내 오기도 했고, 비계가 많은 돼지고기를 삶은 후 다시 노란 계란 옷을 입힌 황해도 음식 돼지고기 전도 배워 능숙하게 요리해 냈다.

우리는 만두와 빈대떡을 수시로 해먹는다. 또 하나 빼놓을 수 없는 이북식 잡채도 당면을 듬뿍 넣어 자주 먹는다. 지금까지 살아오면서 우리 집을 찾아온 친구와 손님들에게 처는 아무런 불평 없이, 그것도 평안도식 이북 음식을 배워서 대접을 하곤 했으니 그저 음식 솜씨가 좋다는 칭찬만으로 그칠 일은 아니지 않나 싶다. 음식 만드는 것 자체를 좋아하고 또 나름의 독창적인 음식 관을 가지고 있어야 가능한 일이라는 생각도 든다. 먹어 본 음식을 자기 나름대로 소화하고 응용해서 비슷한 재료를 쓰고도 완전히 다른 퓨전 스타일의 음식을 만들어 내는 것은 아무나 흉내낼 일은 아닌 것 같다.

직장 생활을 왕성하게 할 때는 한동안 맛있는 음식점을 수소문해서 자주 찾아다니고, 손님이나 가까운 친구들과 함께 그 맛을 즐기기도 해서 나는 꽤 입맛이 까다로운 미식가 대접을 받기도 했다. 하지만 내 생각에는 음식을 먹을 때 아무런 선택 없이 그저 습관적으로 끼니를 때우느냐 그렇지 않으면 한 끼라도 제대로 된 음식을 신경 써서 골라 먹느냐의 차이밖에 없었던 것 같다.

시골에 살면 자기도 모르게 덤으로 얻는 것이 꽤 많은데, 그 중의 하나가 제철 식품을 싼 값으로 먹을 수 있다는 점이다. 늦봄에는 두릅을 먹고, 할머니들이 손수 산과 들판에서 캐온 산나물도 있다. 생긴 모양은 투박하지만 집에서 만든 촌두부를 수시로 사서 먹을 수도 있다. 두릅은 보통 살짝 데쳐서 초고추장에 찍어 먹거나 전을 지지거나 혹은 된장, 고추장에 박아 두었다가 꺼내 먹기도 하지만 튀김옷을 입혀 튀겨 먹는 맛은 별미에 속한다. 늦여름에 나오는 돌배나 어쩌다가 장터에서 찾은 자연산 산머루로 술을 담그는 재미도 쏠쏠하다.

짚고 넘어가야 할 음식이 또 있는데, 바로 도토리묵과 메밀묵이다. 공장에서 이것 저것 섞어 대량으로 찍어낸 묵이 아니라 아낙네들이 집에서 공을 들여 만들어 갖고 나온 것이다. 어려웠던 시절 시골에서 가난한 이들이 어쩔 수 없이 먹어야 했던 나물과 채소류가 이제는 세상이 바뀌어 있는 사람들이 건강을 위해 비싼 값을 치르고 먹는 건강식으로 변했다. 이래서 세상 돌아가는 것이 재미있다는 생각이 들고, 앞으로는 뭐가 또 어떻게 바뀔지 궁금해지기도 한다.

우리는 전통 음식을 해주시던 어머니의 손맛을 보고 즐기며 자란 마지막 세대다. 음식 문화도 한 나라의 정체성을 뚜렷하게 부각시키는 것이라면, 젊은 다음 세대에게도 우리의 음식이 그대로 전해져야 하고, 또 새로운 음식을 진지하게 개발해서 우리의 밥상에 올려야 하는 게 아닌가 싶다.

지금까지 살면서 먹어 본 음식은 수도 없이 많고, 음식 얘기를 하자면 한이 없을 것 같다. 그런 얘기는 음식 문화 전문가에게 맡기고, 미식가란 어떤 사람을 뜻하는지 한 번은 짚고 넘어가야 할 항목이라 생각한다.

『악마의 사전』을 쓴 A. 비어스는 "미식가란 음식의 쾌락을 지나치게 탐하는 사람"이라고 그답지 않게 간단명료하게 정의를 내렸다. 그러나 나는 다르게 정의 내리고 싶다. "미식가란 제철에 나오는 재료를 써서 제대로 만든 음식을 찾아 맛을 음미하며 즐겁게 먹는 사람이다."

174

자동차로
지도 위를 달리다

변산반도에서 해남의 땅 끝까지 남해안 1,500리를 달려 보고 거제도, 통영 그리고 남해 섬까지, 속초에서 포항까지 동해안 일대를 섭렵해 보았지만 그래도 우리 부부는 여전히 강원도가 제일 좋다.

평창군은 강원도에서 군 단위로는 가장 넓은 지역이다. 평창군의 북쪽 끝에 봉평면이 있고, 우리가 사는 흥정계곡은 봉평면에서도 가장 북쪽 끝자락에 놓여 있다. 천 미터가 넘는 산이 평창군 내에서도 30여 개가 있지만 넓은 들판이 있어 시원하고 탁 트인 느낌을 안겨 주는 지역은 강원도 내에서 평창군이 유일하지 않나 싶다.

우리 집에서 10리쯤 남쪽으로 내려가면 바로 6번 국도를 만나게 된다. 이 도로를 따라 봉평면을 지나 잠시 달리면 교통 요충지인 장평이 나오고, 바로 이곳에서 우리의 당일치기 여행은 시작된다.

시골에도 일상사가 있고 반복되는 일상사는 때로는 지루하기도 하다. 홍정 계곡의 풍광이 아무리 수려해도 또 어딘가로 잠시 바람을 쐬러 가고 싶을 때가 있다. 그럴 때면 아무런 망설임 없이 지도 한 장 들고 또 다른 시골 여행을 떠난다. 공간적으로나 시간적으로 시골 생활에서 맛볼 수 있는 또 하나의 덤을 얻는 것 같다.

6번 국도를 따라가면 우리 집에서 30분이 조금 넘는 거리에 오대산 월정사가 있다. 그리고 조금 못 미쳐서 봄부터 가을까지 우리나라의 토종 야생화가 만발하는 한국 자생 식물원이 우리를 반겨 준다. 6번 도로를 따라 북쪽으로 달리면 진고개를 넘어 주문진에 닿는데, 천천히 경치를 감상하며 가도 한 시간이 조금 넘게 걸릴 뿐이다. 또 하나의 덤은 맛있는 닭백숙을 먹을 수도 있다는 점이다.

설악산 쪽으로 가고 싶으면 속사에서 31번 국도를 타고 풍치 좋은 지방도로를 이용해서 내린천을 끼고 장남을 거쳐 현리로 가면 된다. 현리에서 지방도로를 타고 달리면 필례 약수터에 이르고, 계속 가면 바로 한계령인데 아주 조용하며 드라이브하는 맛도 보고 이국의 맛도 느끼게 하는 숲 속 길이 한동안 이어진다.

마음이 바뀌면 초여름의 무수하게 피어난 야생화를 구경하러 가벼운 마음으로 곰배령에 올라갈 수도 있다. 두메산골이었던 곰배령 초입까지 길이 매끈하게 아스팔트로 덮여지고, 간간이 이상한 펜션과 카페가 나타난다는 점을 염두에 두어야 한다.

정선까지는 장평에서 평창을 거쳐 가든 진부를 통해 가든 한 시간이 채 걸리지 않는다. 진부에서 59번 도로를 타면 한없이 구부진 길이 정선까지 이어지는데, 초여름의 신록과 가을의 단풍이 볼 만하다. 정선장을 둘러보고도 시간이 남으면 소금강을 구경해 보는 것도 좋다.

장평에서 영동 고속도로를 타면 강릉까지는 40분 정도 걸린다. 정동진 바닷가에서 잠시 시간을 보내고 해안도로의 절경을 구경하고 난 후 내처 묵호까지

눈 덮인 시골 풍경은 항상 우리 부부를 매료시킨다. 여행을 하다 폭설을 만나면 가까운 숙소를 찾아 차를 주차시킨 뒤 마음 푹 놓고 설경을 감상하며 돌아다닌다. 눈 속에서 게으름을 부린다고나 할까.

바닷가 길을 드라이브하는 것도 좋다. 묵호항에서 자연산 회로 점심을 때우고 석양을 바라보며 돌아오는 맛도 괜찮다.

우리 부부가 시골에 살면서 짬짬이 다닌 자동차 여행을 몇 개 예로 들어 보았지만, 도로가 거의 포장이 다 된 강원도 산속에는 여기 말고도 갈 곳이 무척 많다. 56번 도로 상에는 걸출한 휴양림도 두 곳이나 있다. 삼봉 자연휴양림과 미천골 자연휴양림이다. 아무리 여름 휴가철에 사람이 몰린다고 해도 우리는 사람들이 잘 모르는 이름 없는 지방 도로를 이용해 가며 거칠 것 없이 한적하고 풍광 좋은 곳을 감상하며 즐기고 다녔다. 시간대를 잘 맞추어 다니기도 했지만, 시골 마을 홍정계곡 안에 산다는 것이 가장 큰 지리상, 거리상 그리고 시간상의 이점이었지 않나 생각한다.

우리는 목적지 한 지역을 정해 놓고는 기분 내키는 대로 코스를 바꿔 가며 여행을 하기도 하지만, 뚜렷한 목적을 갖고 떠나는 계곡 여행도 있다. 1년에 한두 번은 꼭 떠나는 여행인데 사전에 준비를 철저하게 한다. 커다란 등산 배낭 두 개를 꺼내 들고, 날이 선 목공용 톱 한 자루와 전지가위를 준비하고 무거운 것도 견디는 든든한 나일론 줄을 넉넉하게 마련한다. 새집에 쓸 독특한 나무줄기와 가지를 찾아오기 위해서다.

이런 오래된 나무줄기와 가지는 계곡 어디에서나 찾을 수 있는 것은 아니다. 여름 장마가 한바탕 휩쓸고 지나간 후 마지막 단풍이 처연한 아름다움을 뽐내는 늦가을쯤 깊은 계곡을 거슬러 올라가면 계곡 상류에서 떠밀려 내려온 나무줄기와 가지가 쌓여 있는 곳이 있다. 좁은 계곡이지만 급류가 휘몰아친 곳에서 10여 발짝 돌아가면 작은 모래톱 같은 곳이 나오고, 그곳에는 오랫동안 흐르는 물에 쓸리고 떠내려 오며 바람과 햇볕에 바래서 껍질이 모두 벗겨져 세월을 머금은 듯한 하얗게 빛나는 나뭇가지와 줄기들이 쌓여 있다. 사람들의 눈에는 그저 계곡물에 씻

겨 떠내려 온 쓸모없는 나뭇가지나 썩어 가는 나무줄기로 보일지 몰라도 우리에게
는 이게 다 반짝반짝 빛나는 보석으로 보인다.

　　몇 년을 계곡물에 떠밀려 내려오면서 급류에 씻기고 바위에 부딪히며 쌓인
이런 나뭇가지와 줄기는 가볍고 단단하다. 비나 눈을 맞아도 변형이 없고, 웬만해
서는 썩거나 곰팡이가 피지 않는다.

　　우리가 살고 있는 홍정계곡에도 한두 군데 이런 줄기와 가지를 찾을 수 있
는 곳이 있지만, 장소마다 특색 있는 다른 맛을 내는 재료를 찾기 위해 우리는 미천
골, 대관령 계곡, 험준한 운두령을 넘어 내린천 계곡을 찾아가고 또 바로 옆에 있는
개인동 계곡을 뒤지기도 한다. 오랜 동안 시련을 견디어 온 굵은 나무줄기는 기묘
하다고 표현할 수밖에 없다. 뒤틀린 모양이 수십, 수백 년 된 고목의 모습을 하고
있어 보는 이의 눈을 아주 즐겁게 한다.

인생의 틀을 잡아 준
책 읽기

지금도 나는 매달 습관적으로 책을 사고 책 읽기를 계속하고 있다. 요즈음은 환경 문제나 생태계 보전에 관한 책을 많이 읽고 있지만 한때는 나도 소설가 장정일의 책 읽기나 문학평론가 김현의 행복한 책 읽기처럼 지금까지 읽어 온 책에 대한 애기를 몇 권의 책으로 써서 내보내는 것은 어떨까 하는 생각을 한 적도 있었다.

내가 책을 본격적으로 읽기 시작한 것은 아주 어렸을 때 초등학교에 들어가면서부터였던 것 같다. 주로 동화책이나 위인전류였겠지만 어린이용 도서가 지금처럼 쏟아져 나올 때가 아니어서 책을 구하기가 쉽지만은 않았던 것으로 기억한다.

외신 기자로 사회에 첫발을 내딛으면서 앞으로 수입의 10퍼센트 이상은 꼭 책을 살 것이라고 다짐했다. 첫 번째로 산 책이 토인비의 『역사의 연구』였는데 30여 년이 지난 지금도 생생히 기억한다. 열 권으로 된 양장본 영어 원서. 아직도 내 서가 한구석에 꽂혀 있는데, 거금을 들여 하필 왜 그 어려운 책을 꼭 사야 했는지 그 이유는 미스터리로 남아 있다.

기독교인들이 십일조를 지키듯 내 수입의 10퍼센트 이상은 책을 산다는 원칙은 긴 세월 동안 지키기가 그리 쉽지 않았다. 때로는 책 구입비가 10퍼센트를 훌쩍 넘기도 했고, 전달에 구입한 책 값이 너무 많다 싶으면 다음 달에는 두세 권 구입하는 정도로 끝내기도 했다. 돌이켜 보면 오히려 경제적으로 넉넉지 못할 때는 이 원칙을 잘 지켰는데, 수입이 꽤 많을 때는 이 원칙에 충실하지 못했지 않나 하는 반성이 앞선다.

철이 들면서 첫눈에 띈 것이 서가에 꽂혀 있거나 방바닥에 쌓여 있던 부모님의 책이 아니었나 싶다. 물론 아버님이 보시던 책은 일본어와 영어로 된 법률 서적이 대부분이었고, 어머님은 일본어 소설과 잡지를 주로 보셨던 것으로 기억한다. 그러니까 집 안에는 책이 널려 있고, 아버님 친구와 법조계 후배들, 대학 교수들이 자주 우리 집에 모여들곤 해서 집이 항상 시끌벅적했다. 그 덕에 또 손님들은 항상 잘 대접해야 한다는 생각이 어려서부터 나도 모르게 몸에 배지 않았나 생각한다.

책을 통해서 보는 세상은 책을 읽는 사람과 책을 읽지 않는 사람들로 구분하고, 또 나는 책을 '책과 잡서'라는 이분법으로 나누고 읽기 시작했던 것 같다. 그리고 책을 양서와 악서, 좋은 책과 나쁜 책으로 양분한다면 책의 입지가 아주 좁아져서 과반수의 책이 그 쓸모가 없어지는 불명예를 감수해야 한다. 그래서 나는 책을 '책과 잡서'로 구분하는 고집을 부린다.

나는 취미가 독서라고 하는 사람이나 책을 악서와 양서로 나누는 사람, 또 경제적 사정이 정말 어려운 경우를 빼놓고 책을 도서관이 아닌 다른 이에게서 빌려 보는 사람을 좋은 눈으로 보지 않는다. 책도 하나의 상품인 이상 책을 사주어야 출판 시장이 잘 흘러갈 수 있다는 것을 망각하는 처사라고 보기 때문이다.

6.25 피난살이를 접고 다시 서울로 돌아와서 살던 곳이 광화문 부근의 당주동이었다. 거의 10년이 넘게 여기서 사는 동안 광화문 네 거리에 있는 숭문서림을 자주 들락거리게 되었다. 숭문서림은 그 시절에는 꽤 큰 서점이었고, 광화문 네거리에서 무교동을 지나 화신 백화점까지 이르는 넓은 길 양편으로 원서를 파는 서점과 몇 개의 책방이 있던 문화의 거리에 자리잡고 있었다. 먹고 살기는 누구에게나 마찬가지로 힘든 시절이었지만 인심이 각박하지는 않았다. 한 동네에서 오래 살면 서점은 말할 것도 없고 빵집부터 중국 호떡집, 구멍가게에 이르기까지 얼굴 보고 모든 것을 외상으로 주던 시대였다.

숭문서점에 자주 가면서 점원이나 주인아저씨와도 친해졌다. 그래서 돈이 없으면 외상으로 책을 사기도 했다. 책을 사기보다는 책방에 들를 때마다 그냥 몇 권씩 집어 오는 식이었다. 한 달이나 두 달에 한 번씩 밀린 책값은 어머님이 다 내 주셨던 걸로 기억한다.

감수성이 예민했던 시기에 정신없이 읽었던 책들이 아직도 기억에 생생하다. 대학 때 모아 두었던 5, 6백 권 정도 되는 책은 주위 친구들에게 빌려 주는 바람에 거의 다 내 손을 빠져나가 두고두고 후회를 했다.

어렸을 때부터 빠른 속도로 책을 읽고, 호기심이 많아서인지 다방면에 걸쳐 책을 닥치는 대로 읽었다. 그런 책 읽기 습관으로 책에 관한 한 세상에 악서는 없다는 굳건한 철학을 갖게 되었다.

초등학교 5학년인가 6학년 때 그 당시 대단한 화재를 불러일으켰던 정비석 선생의 『자유부인』을 몰래 읽었던 기억이 난다. 김래성 선생의 번안 소설 『흑가면과 철가면』, 심훈의 『상록수』, 나관중의 『삼국지』와 『수호지』, 홍명희 선생의 원본 『임꺽정전』, 이광수의 『무정』과 『사랑』은 중학교 때 다시 한 번 읽었지만 여전히 꽤 감동적이었다.

환갑을 넘긴 나이에 아직도 책을 사서 보느냐고 어느 분이 불쌍하다는 듯이 말하는 소리를 들었다. 새 책의 산뜻한 촉감과 신선한 잉크 냄새, 묵은 책의 묘한 향기에 취해 아직도 나는 책을 사고, 읽는다고 대답했다.

중학교 때는 세계 명작 전집을 한 달에 한 권씩 사다가 읽어 댔고, 고등학교 2학년 때까지 생텍쥐페리의 『야간 비행』과 『어린 왕자』 그리고 사르트르, 앙드레 말로의 작품에 심취되어 한때는 행동하는 지식인이란 무엇인가를 골몰히 생각해 보기도 했다.

인문·사회·역사·철학 책은 대학 시절과 고시 준비를 하던 때 즐겨 읽었다. 프로이트, 막스 베버, 플라톤과 아리스토텔레스의 책 그리고 각종 법률 서적을 의무적으로 읽어야 했지만 이청준의 『이어도』, 황순원의 『나무들 비탈에 서다』, 김승옥의 『무진기행』 등을 읽고 밤새워 토론하던 기억도 난다. 딱딱한 법률 책에 익숙해진 내게는 무미건조하고 때로는 어렵기만 했던 사회 과학 서적이나 철학서가 그렇게 재미있을 수가 없었다. 게다가 한여름의 무더위 속에서 법률 책을 제쳐 놓고 읽었던 마가렛 미첼의 『바람과 함께 사라지다』는 그 장대한 분량에도 불구하고 가뭄 끝에 오는 소낙비처럼 달콤하기 그지없었다.

앞에서 책을 '책과 잡서'로 구분한다고 말했는데, 잡서라고 하면 사람들은 내용이 신통치 못한 시시하고 너절한 책이라고 여기는 것 같다. '잡서'는 온갖 사실을 적어 놓고 되는 대로 모아 만든 책이라고 하지만, 솔직히 난 진리의 음성이 있고 슬기의 샘터가 있다는 '책'보다는 오히려 잡서에 더 애정이 갈 때가 많다. 내 경우에 감명 깊게 읽었던 책 대부분이 '잡서'에 속한다.

'책'에는 당연히 고전이 우선 들어간다. 아무리 나의 자의적인 분류라지만, 고전을 잡서로 분류하면 난리가 나겠다는 생각이 든다.

학문과 예술에 있어서 역사적으로 널리 모범이 될 만한 훌륭한 작품을 바로 고전이라고 한다. 플라톤, 아리스토텔레스, 스피노자의 저작, 셰익스피어의 문학 작품, 마키아벨리의 『군주론』, 프로이트의 정신 분석학 책, 현대의 고전이라는 소로의 『월든』 등 셀 수도 없이 많다. 청소년이 읽어야 할 책 100선이나 대학생의 필

독서 200선에도 이 고전이란 범주에 들어가는 책이 상당 부문 차지하고 있다. 고전이란 어느 사람이 말했듯이 누구나 다 알고 있고 누구나 다 읽었다고 생각하나 사실은 평생 동안 단 한 권도 읽지 않는 책을 뜻한다. 그만큼 책 읽기에 큰 부담을 안겨 주는 것만은 확실하다.

'책' 에는 김화영 교수의 산문집 『행복의 충격』, 김용준의 『근원수필』, 이희승 선생의 주옥 같은 수필집 『딸깍발이』도 들어간다. 우리나라의 3대 대하소설이라 할 수 있는 박경리의 『토지』, 김주영의 『객주』, 황석영의 『장길산』은 당연히 내 '책' 의 분류에 속하지만, 이병주의 『지리산』은 '잡서' 로 분류해 놓는다. 제이슨 엡스타인의 『북 비즈니스』, 스티븐 킹의 창작론인 『유혹하는 글쓰기』는 당연히 '책' 에 속하지만, 제레미 리프킨의 『육식의 종말』은 '잡서' 에 집어넣는다. 쓰기 시작하면 끝이 없다.

혹자가 분류하는 '목적으로서의 책 읽기' 와 '수단으로서의 책 읽기' 에 각각 해당하는 책은 나의 '책과 잡서' 의 구분과 일치하는 점은 없다. 내가 사서 읽은 책은 '책과 잡서' 의 비율이 3대 7 정도 되지 않을까 싶다.

'책' 은 읽으면서 푹 빠졌다든가 가끔 참고 삼아 봄 직한 혹은 한 번쯤 더 읽어 보아야 할 것들이다. 또 읽고 나서 잊어버리기 힘든 책, 서가에 꽂아 놓고 언제 보아도 기분이 좋은 것이 바로 '책' 이다.

사람들은 첩보 스릴러물이나 추리 소설을 읽는 것은 본격적인 책 읽기와는 동떨어진 것으로 다소 비하하는 경향이 있다. 하지만 그건 모르고 하는 소리이다. 레이먼드 챈들러의 『빅 슬립』이나 『기나긴 이별』, 르 카레의 『추운 나라에서 온 스파이』, 체스터튼의 『브라운 신부』 시리즈 등은 충분히 '책' 의 범주에 들어갈 만하다. 오히려 난 법정 스릴러물의 대가인 존 그리샴의 책을 '잡서' 에 집어넣고 그냥 잊어버리기도 한다.

책과 잡서의 분류는 사람들이 책을 양서와 악서로 구분하는 것에 대한 내 나름대로의 저항일 뿐이다. 활자로 인쇄된 책과 잡서는 그 자체로서 좋고 나쁨이 없고, 어떠한 내용의 책과 잡서라도 다 그만한 값어치를 품고 있으며 존재해야 할 이유가 나름대로 있다고 생각한다. 단지 책과 잡서를 읽는 사람이 어떻게 읽고 소화하느냐에 따라 책과 잡서의 운명이 결정될 뿐이다.

일본의 여류 작가 시오노 나나미의 『로마인 이야기』는 간단히 '잡서'로 분류한다. 그리고 『바다의 도시 이야기』는 '책'에 집어넣으니 얼마나 자의적인 분류법인가. 그래서 나는 잡서를 읽는 맛에 푹 빠지기도 하며, 그 잡서 중에서 때때로 책에다 집어넣을 것을 고르는 재미가 쏠쏠하기도 하다.

나는 '독서'라는 단어보다 '책 읽기'라는 단어를 좋아한다. 요즈음은 취미가 독서라는 소위 '점잖은 분들'이 많이 없어진 듯하다. 물론 책 읽기는 엄연히 뇌를 혹사하고 육체를 괴롭히는 중노동 행위다.

책 읽기가 취미가 될 수 없는 이유는 많다. 사람들이 하루 세 끼 밥을 먹는 것이 취미가 아니듯이 책 읽기는 삶의 일부이며, 생활의 중요한 요소다. 나는 가능한 젊은 부모들에게 책을 많이 읽으라고 권한다. 부모가 늘 책을 손에 잡고 있으면 아이들의 관심이 책으로 옮겨지고, 이런 습관이 아주 어릴 때부터 몸에 배어 자연스럽게 책을 읽게 된다. 아울러 자연을 사랑하는 마음, 그래서 자연 속에서 다른 종의 생물과 공생하는 태도 역시 아주 어려서부터 보고 배워 몸에 젖어야 한다.

사람들이 하루 세 끼 밥을 먹을 때 항상 영양가 높고 좋은 음식만을 먹는 것은 아니다. 소박하고 거친 음식도 먹고, 때로는 맛은 있지만 건강에는 그리 도움이 되지 않는 음식도 먹는다. 책과 잡서도 똑같다. 어떻게 허구한 날 고전, 좋은 책과 정신의 양식이 된다는 책만 읽을 수 있겠는가. 영양가 높은 좋은 음식만 먹다 보면 비만증과 황제 병에 걸릴 수도 있으니 뇌의 운동을 위해서도 사람들이 악서라고 말하는 책도 섭렵해야 한다. 그래서 책에 대한 비판의 눈을 키워야 한다.

난 30대 초반에서 40대 초반까지, 신혼살림을 시작하고부터 10년 가량 책을 몰아서 읽어 댔다. 내 평생을 통해서 가장 고민을 많이 하고 기성 사회제도와 타협을 거부하던 시기와 맞닿아 있었다. 직장을 옮길 때마다 생기는 '시간적 공간'이 짧게는 두 달에서 길게는 반 년 가까이 계속되어 책을 읽을 시간은 무척 많았다. 실업자가 되고 나면 며칠 고민은 하지만, 이 시간을 크게 고통스러워하지 않았다. 잔디를 깎아 주고 나뭇가지 치기를 하고 조그만 채소밭을 가꾸며 책을 읽었다.

대학 때까지 읽었던 책이 사고의 틀을 막연하게 넓혀 주었다면, 시간적으로 넉넉했던 이 시절의 책 읽기는 인생과 사물에 대한 인식을 공고히 하는 데 있어 그 틀을 잡아 준 것이었다는 생각이 든다. 이런 시간적 공간이 내게는 재충전의 기회였고, 바쁜 직장 생활에서 미처 다 읽지 못했던 책을 마음 놓고 읽는 행복한 시간이기도 한 셈이었다.

몇 십 년이 지난 후 어느 날 처는 조금은 심각한 표정으로 이렇게 말했다. "젊었을 때 직장에 다니다가 어느 시기부터 책을 자꾸 사들이기 시작하면 겁부터 났다."고. "왜냐하면 또 직장을 그만둘 때가 됐다는 생각이 들었고, 이 예감은 늘 적중했다."고 말이다.

내가 항상 '시간적 공간'을 염두에 두고 치밀한 계획하에 책 비축에 들어간 것은 아니었다. 유비무환도 아니었다. 나도 모르게 어느 날 직장이 싫어지기 시작하고 시큰둥해지면 책방을 부지런히 돌아다니며 이 책 저 책 사들이기를 한 것만은 틀림없었다. 책을 사서 읽는 것이 가장 경제적인 낭인 생활을 유지하는 하나의 방법이기도 했기 때문이었다.

어렵고 파란만장했던 시절 이런 젊고 철없는 남편을 꾹 참고 견디어 준 처에게 무척 미안하다는 생각이 든다. 그래도 뭔가 기대를 하는 게 있었기에 처는 말

없이 뒷바라지를 해주었을 테지만, 어려운 고비를 넘길 때마다 굽히지 말고 밀고 나가라고 격려해 준 처에게 그저 고마울 뿐이다.

시골 생활에서도 책 읽기는 생활의 일부이고 일상사다. 우리 주위에는 책을 읽는 사람보다는 책을 읽지 않는 사람이 더 많다. 책을 사서 읽고 나서는 그대로 버리는 깔끔한 이들도 있다. 그런가 하면 평생 서점 한 번 안 들어가 본 것을 자랑 삼아 말하는 이들도 많다.

그렇다면 책 읽기란 무엇일까? 나에게는 생활이자 시간 때우는 방편이며 꿈속을 헤매는 현실 도피이기도 하고 왕성한 지적 호기심을 충족시키는 방법이기도 하다. 책 읽기는 내가 가보지 못한 다른 세계를 체험해 보는 수단이기도 하나, 엄연한 한 가지 사실은 자발적인 노동 행위라는 것이다. 한마디로 책 읽기는 삶을 조금은 더 윤택하고 풍부하게 해주는 것이라 생각한다.

술마시기와 술담그기

시골 일이라는 것은 해도 그만 안 해도 그만일 때가 많다. 전업농이 아닌 이상 텃밭 가꾸기도 그렇고 집 고치는 일도 짜인 일정에 따라 효율적으로 하게 되지 않는다. 하려고 들면 한 달하고도 열흘이 모자랄 지경이지만, 태엽 풀린 시계처럼 느슨하게 틀어 가는 게 우리의 시골 생활이다. 이런 가운데서 자기 손으로 직접 술을 담그는 일은 큰 재미 중의 하나면서 술을 여러 가지로 즐길 수 있는 계기가 된다. 공기 좋은 시골에서 술을 마시면 어지간해서는 잘 취하지 않고 맛도 특별나다.

여기 홍정계곡에 정주하니 친구들과 지인들이 많이 찾아오고 자연스럽게 술을 대접하게 되었다. 소주와 맥주는 늘 준비해 놓고 있지만 내 손으로 만든 술을 대접하고 싶었다. 그래서 늦봄에 담는 매실주를 비롯해 늦여름에 나오는 돌배로 담그는 돌배주, 향기가 강한 더덕주, 깊은 산 속에서 따온 머루로 담근 머루주, 오미자주, 대추술, 모과주 그리고 다임이란 허브로 담근 독특한 향미를 풍기는 허브

주까지 짬짬이 담근 술들이 서늘한 창고 한쪽에 놓여 있다. 아마도 내가 여러 종류의 술을 담그고 그걸 나 혼자 다 마셨다면 죽기 일보 직전까지 갔겠지만, 대부분은 주위 사람들에게 나눠 주었다.

몇 년씩 묵힌 더덕술은 진한 향이 풍겨 나와 좋아하는 사람들이 많지만, 나는 이 술을 별로 좋아하지 않는다. 더덕술을 마시게 되면 소주를 타서 향을 약간이라도 죽여서 마신다. 한마디로 접대용 술이다. 머루술도 담근 지 1년쯤 되면 색깔이 검푸르러지고 고급 와인 못지않은 빛깔과 향기가 있어 다들 좋아한다. 하지만 난 더덕술과 마찬가지로 소주를 좀 더 섞어 마신다. 그대로 마시면 느끼한 맛이 감돌아 별로 좋아하지 않는다. 자연산 머루가 점점 귀해져 장날에 나오면 무조건 사다가 술을 담그지만, 이것도 철저하게 접대용 술이다.

은은한 향을 풍기는 돌배술과 매실주가 내 입맛에는 가장 잘 맞다. 더덕술처럼 머리가 아플 정도의 지나친 향도 없고, 머루주처럼 느끼함도 없이 담백한 맛이 난다. 다만 조금 지나칠 정도로 마셨다 하면 숙취가 심해지는 게 단점이다. 새빨갛게 익은 마가목 열매와 오미자로 담근 술도 쌉쌀하니 독특한 맛을 내며 다른 술과 섞어 마시면 더 좋다. 2, 3년 묵은 대추술의 구수한 맛도 빼놓을 수 없다.

내가 직접 담근 10여 종류의 술은 찾아온 이들이 있을 때 함께 마시기는 하나 처와 단둘이서 늘 이 술을 즐기지는 않는다. 아무래도 내게 익숙하고 부담 없는 술은 소주인데, 안주를 푸짐하게 놓고 속도를 내서 마셔야 한다는 게 단점이다. 그러다 보니 목소리가 커지고 떠들썩해지게 마련이고 과음을 하게 되지만 세계에서 가장 값이 싸며 좋은 술임에는 틀림없다.

중학교 3학년 때 시작해서 50년 가까이 술을 마셔 댔으니 수십 종류의 여러 나라의 술을 섭렵했다. 술이란 게 꼭 자기 돈을 내서 마셔야 하는 건 아니다. 주고받다 보면 대충 얻어먹기만 한 게 아니라는 통계가 나온다. 소주를 먹다 보면 양

시골 생활에서 자기 손으로 직접 술을 담그는 일은 큰 재미 중의 하나면서 술을 여러 가지로 즐길 수 있는 계기가
된다. 공기 좋은 시골에서 술을 마시면 어지간해서는 잘 취하지 않고 맛도 특별나다.

주 생각도 나게 마련이고, 때때로 한잔의 시원한 맥주가 그리울 때도 있다. 노을 지는 베란다에 앉아 차가운 아일랜드의 기네스 흑맥주를 큰 컵에 한잔 따라놓고 마시는 것도 좋고, 얼음을 넣은 스카치 트리플 한잔 놓고 조용히 마음 맞는 이들과 홀짝거리는 것도 시골 생활의 즐거움 중 하나다.

'술덤벙 물덤벙'이란 재미있는 우리말이 있는데, 물정도 모르고 함부로 들뜬 행동을 자꾸 하는 것을 뜻한다. 점심 식사 때부터 술을 마시는 나나 술을 즐기는 친구들은 미국인이 세워 놓은 기준을 따른다면 알코올 중독자에 가까울지도 모르겠다는 생각이 든다. 그들과 우리의 음주 습관 중 다른 것이 있다면 미국인은 술을 한두 잔씩 찔끔거리며 매일 마시는데, 우리 한국인은 2, 3일씩 몰아서 마시고 또 2, 3일은 쉰다는 점이다. 안주 없이는 가능한 한 술을 마시지 않는 습관의 차이가 아닌가 한다.

한평생을 동고동락하면서 살아가는 게 부부 관계다. 이 부부 관계처럼 서로 이해하고 때로는 싸우면서 함께 인생을 즐기며 사는 것이 또 뭐가 있는지 두 가지를 대라면 나는 서슴없이 술과 책이라고 말한다. 술과 책은 지금까지 살아오면서 나와 끈질긴 관계를 유지하고 있고, 아마도 내가 이 세상을 하직하는 날까지 계속되리라 본다.

5.16 군사 쿠데타가 일어난 후 군부에 의해 반혁명이라는 이유로 옥고를 치른 아버님은 내가 대학에 들어가 한참 술을 먹고 다니던 무렵 술을 완전히 끊으셨다. 술만이 아니라 즐기던 담배까지도 어느 날 갑자기 모두 끊으셨다. 하지만 그 전에는 바깥에서 약주를 드시고 나면 친구 분들을 다 몰고 오셔서 늦은 밤에도 집에서 다시 술잔치를 벌이셨다. 그런 일이 일주일이 멀다 하고 있었으니까 남자들의 세계에서는 늘 술을 마셔야 하고, 또 아무리 늦은 밤에 사람들이 찾아와도 술상을 차려 함께 마시는 것이 당연한 것으로 어린 내 눈에 비쳐졌던 것 같다. 집에는

어머님이 손수 담그신 포도주와 정종이 늘 준비되어 있었고, 지인들이 보내 준 양주도 몇 병씩은 있었던 것으로 기억한다.

한국의 양주 문화는 6.25 후 미군이 한국에 주둔하면서 함께 시작되었다고 볼 수 있다. 미군 부대 PX에서 흘러나온 양주가 넘쳐나면서 기형적인 양주 문화가 형성되었다고 생각한다.

나도 양주를 가끔 마시기는 하지만 조니 워커사의 레드Red 나 블랙Black 그리고 한 단계 더 올라가면 스윙Swing 으로 만족한다. 시바스 리걸은 너무 순한 맛이라 내 기호에 맞지 않고, 20년산 블루blue 나 밸런타인은 어쩌다 선물로 받으면 기분 좋게 마시지만 내 돈 주고 절대 사서 마시지는 않는다. 그만한 값어치의 맛이 있다고 생각하지 않기 때문이다.

한국의 술 문화, 양주 문화 중에는 다른 나라에 없는 독특한 몇 가지의 양상이 있다. 그 중에서 짚고 넘어가야 할 것은 폭탄주 문화다. 군사 문화와 관료주의 문화의 잔재로밖에 볼 수 없는 이런 문화는 이제 사라져야 한다. 최고급의 비싼 스카치위스키를 맥주를 가득 채운 잔에 집어넣고 마시는 행태는 좋은 위스키에 대한 모독이다.

나는 괴롭거나 슬픈 일이 있을 때면 술을 가까이하지 않는다. 웬만해서는 혼자 술을 마시지 않는다. 아주 비싼 술이 아닌 이상 선물로 주는 술 한 병은 항상 고맙게 생각하며 받는다. 술기운이 돌기 시작하면 세상일에 대한 불평불만보다는 이 세상이 그래도 살 만하지 않느냐는 긍정적인 생각이 먼저 떠오른다. 한잔 들고 혼자서 상념에 빠져 볼 수 있는 술이 위스키며, 소주처럼 소란스럽게 마시며 끝장을 보지 않아도 되는 술이 위스키이기에 나는 위스키를 더 좋아하는지도 모르겠다.

술은 책과 함께 어둡고 어려운 시대를 헤쳐 나간 나의 동반자였고, 이제는 시골에 살며 목공 일, 새집 짓기와 함께 앞으로 남은 시간을 같이하는 여전한 동반자로 남을 것이다.

등산과 캠핑,
자연의 품에 안기는 일

한평생을 사는 동안 일어나는 일들은 각자의 치밀한 계획에 따라서 순차적으로 벌어지는 건 아닌 것 같다. 자기 의도와는 상관없이 자연스럽게 때로는 우연하게 우리의 삶이 결정되기도 한다는 생각이 든다.

중학교 때부터 야구를 하고 겨울철에는 아이스하키라는 험한 운동을 했던 나는 대학을 졸업할 때까지도 스포츠라면 축구나 농구, 야구, 아이스하키 같은 단체 운동을 생각했다. 그래서 테니스나 혼자 즐기는 등산, 암벽 타기와 같은 운동에는 관심이 없었다. 물론 서른 살이 넘어서는 테니스를 배우고 즐기게 되었지만.

혼자서나 가족과 함께하는 레크리에이션 정도로 처음에 시작한 것이 캠핑과 등산이었다. 등산은 나보다 선배 격이었던 처와 함께 결혼하고 나서부터 서울 근교의 북한산과 도봉산을 즐겨 다니기 시작했고, 캠핑은 우리 딸아이가 서너 살이 되면서부터 짬만 나면 가기 시작했다. 아마도 산에 홀딱 반해 본격적으로 오르기 시작한 것은 40대 초반, 10년간의 방황이 끝난 시점이 아니었나 싶다.

우리 부부는 캠핑 여행이나 등산을 갈 때 딸아이가 걷기 시작할 무렵부터는 늘 함께 다녔다. 아이를 봐줄 사람이 없기도 했지만, 어린 딸아이가 캠핑 여행을 아주 좋아했고 잘 적응해서 우리 부부에게 거의 부담을 주지 않았다.

20, 30년 전에는 우리 나라 대부분의 산하가 아주 깨끗했고, 서울을 벗어나 조금만 나가면 캠핑을 할 장소는 얼마든지 있었다. 또한 캠핑을 즐기는 사람들도 많지 않았다. 8월 초 한여름 용평 스키장의 슬로프 아래 마련된 캠프장에서 추워 벌벌 떨면서 지냈던 일, 경기도 가평천의 한적한 곳에서 한밤중에 쏟아진 폭우로 떠내려갈 뻔했던 일, 불영 계곡에서 세 식구가 오붓하게 밥 해먹고 물놀이를 즐기던 일이 특히 기억에 남는다.

캠핑이나 등산 여행을 떠날 때면 장소 선정부터 침낭, 취사도구, 캠핑 장비를 챙기는 일은 언제나 내 몫이었다. 그리고 나도 이런 준비 작업을 귀찮게 생각하지 않고 늘 즐겼다.

우리 세 식구는 흥사단 산악회를 따라 첫 지리산 천왕봉을 올라갔고, 5박 6일의 제주도 일주 여행에서는 한라산을 등반했다. 초등학교 5학년이었던 딸아이는 우리 부부보다 훨씬 잘 걸었고, 흥사단 산악회 역사상 최연소 천왕봉 등정자로 기념 메달을 받기도 했다.

우리 부부는 그 후 본격적으로 산을 오르기 시작하면서 지리산과 설악산, 한라산을 몇 번씩 올라갔다. 무더운 한여름 어느 날 계곡 산행을 한다고 해서 뱀사골 계곡을 거슬러 올라가 화개재 바로 끝의 뱀사골 야영장에서 캠핑을 하고 삼도봉, 임걸령, 돼지평전을 거쳐 노고단에서 잠시 쉬고, 코재를 거쳐 화엄사로 내려왔던 일이 아직도 생생하다.

출발할 때부터 억수같이 비가 퍼붓더니 우리가 야영장에 도착했을 때는 뱀

198

사골 계곡에 물이 넘쳐 통행이 금지되었다. 뱀사골 산장 캠핑장의 텐트 속에서 억수같이 쏟아지는 비 때문에 하루하고도 반나절을 꼬박 갇혀 있었다. 텐트 속에서 세 끼 밥 해먹고 소주를 마시며 시간을 보냈다. 끊임없이 쏟아지는 빗속이었지만 조금도 지루하지 않았다. 안개가 자욱하게 깔린 가운데 야생화가 만발한 돼지평전에서 노고단까지의 오솔길은 그야말로 환상적인 장면을 연출했다. 그리고 남원으로 와서 세겹살과 해물탕을 한꺼번에 시켜 놓고 흠뻑 젖은 옷을 말리며 소주를 마시던 기억도 추억 중의 하나다.

산행은 우리 부부 둘, 때로는 운전 기사이자 회사의 산악 대장인 미스터 최와 가장 많이 다닌 것 같다. 유명하다는 산만 다닌 것은 아니다. 한동안은 내가 대장이 되어 친구 부부와 함께 경기도 일원의 산을 자주 찾기도 했다.

한동안 우리는 1박 2일에서 3박 4일짜리 종주 산행에 푹 빠진 적도 있었다. 억새와 모래 먼지 속에서 보낸 영남 알프스 종주, 땀을 많이 흘렸던 남덕유·북덕유 종주, 열네 시간에 걸친 도봉산·북한산 종주, 두타산·청옥산 종주, 대원사 계곡에서 시작했던 지리산 종주 등 왜 그리도 산에 미쳤었는지. 잠자리가 까다로운 나였지만, 산속에서 하는 야영이 여관방이나 민박집 잠자리보다 편했다.

우리 부부가 산을 많이 다니긴 했지만 아직까지도 우리가 등산가라고 생각하지는 않는다. 우리는 전문 산악인도 아니고 산을 타며 사색하고 글을 쓰는 산악인도 아니다. 그렇다고 일상사에 찌들어 스트레스를 풀기 위해 산을 오르지도 않았고 정상을 정복한다는 쾌감에 기를 쓰며 산을 탄 것도 아니다. 더군다나 건강을 위해서 정기적으로 등산을 한 것도 아니다.

난 약간의 고소 공포증이 있다. 2미터가 조금 넘는 대문 위에만 올라서도 어질어질한데, 어떻게 산행 중의 어려운 코스를 넘어다녔는지 지금도 이해하기 힘든 때가 있다. 천왕봉 직전의 통천문 앞에서, 수락산의 넙적바위 위에서, 도봉산의 평범한 바윗길에서 어느 순간 갑자기 몸이 얼어붙어 몇 분간 꼼작할 수 없는 때가 있었다. 물길이 불어난 수렴동 계곡의 바위를 안고 돌아가는 3, 4미터의 길이 싫어 10여 분을 산속으로 돌아갔던 일은 주위 친구들을 웃기는 사건이었다. 늘 있는 일은 아니지만 어느 순간 힘이 빠졌다고 느끼게 되면 몇 분간 고소 공포증이 일어나곤 했다.

산행의 하이라이트는 5박 6일의 일본 북 알프스 종주였다. 모처럼 얻은 여름 휴가를 이용한 해외 등반이었다. 해발 3천 2백 미터의 호다카 다케를 올라가 내려다보는 조망이 일품이었다. 나무 한 그루 없는 3천 미터의 능선을 오르내리며 만년설을 본 것도 이때가 처음이었다. 깨끗한 산장, 쓰레기가 거의 없이 비어 있는 쓰레기통, 백여 명이 넘는 인원이 묵어도 큰 소리 나지 않는 조용한 분위기, 자기 쓰레기를 모두 갖고 내려가는 모습 등은 과연 일본인이구나 하는 느낌을 갖게 했다. 3천 미터 금의 칼날 같은 바위 능선을 넘나들면서도 고소 공포증은 소리 없이 사라졌다.

어느 여름 날 우리 부부는 백담 계곡을 거쳐 수렴동 계곡을 거슬러 올라갔다. 설악산을 몇 차례 올라다녔지만 항상 1박 2일의 빠듯한 일정으로 올랐기에 이번에는 큰 맘 먹고 4, 5일을 그냥 이곳 산속에서 보내기로 했다.

영시암 터를 지나면서부터 시커먼 하늘에서 비가 한두 방울씩 떨어지더니 수렴동 대피소에 도착하니 굵은 비로 바뀌었다. 장비를 풀어 놓은 뒤 소주를 반주 삼아 이른 저녁을 먹고 나니 비는 폭우로 변해 있었다. 수렴동 대피소는 작은 산장이었다. 우리는 자그마한 다락방에 자리잡았고, 나는 초저녁에 잠깐 잠이 들었다. 요란한 굉음 소리에 깜짝 놀라 깨어나 보니 억수같이 쏟아지는 비에 말 그대로 커다란 바위들이 계곡을 굴러가고 있었다. 약간 겁이 나기 시작했다. 그리고 밤 새 한숨도 자지 못했다.

날이 밝았는데도 비는 이틀째 쉼 없이 쏟아져 내렸다. 이제 꼼짝없이 갇혔구나 하는 생각과 함께 이런 산장에 폭우로 며칠씩 묵어 가는 것도 나쁘지 않겠다는 생각이 들었다. 산장에는 우리 부부를 포함해서 10여 명의 등산객이 있었다. 마흔이 넘는 이는 우리 부부뿐이었고, 20대 초반에서 30대 중반까지의 젊은 남녀가 대부분이었다.

2막 3장의 연극이 폭우의 연출에 따라 막이 올랐다. 산이 좋아 직장을 몇 번 씩이나 집어던진 산에 미친 젊은이, 아내와 이혼하고 설악산으로 뛰쳐나온 30대 초반의 사나이와 그 친구, 그저 처음으로 설악산에 왔다가 폭우에 갇힌 젊은 아가씨들, 휴가를 망치게 됐다고 푸념하는 젊은이들. 작은 산장 안에 여러 인생이 있었다.

내가 연장자이고 주머니 사정이 제일 넉넉해서 산장 매점에서 소주를 사서 돌렸다. 둘째 날 아침부터 술타령에, 넋두리에, 기타 반주에 맞추어 노래를 불렀다. 나는 이들과 대작하며 얘기를 들어주다가 다락방에서 실컷 낮잠을 즐기기도 했는데, 처는 어느 틈에 이들과 어울려 기타를 치고 동요도 부르고 트럼프도 하며 폭우 비상 사태를 즐기고 있었다. 사는 데 때때로 비상 사태가 즐거울 수도 있겠구나 하는 생각이 들었다.

산이 좋아 나도 산을 많이 돌아다녔지만 이런 경우는 처음이었다. 셋째 날도 여전히 날이 개지 않았다. 비는 그쳤는데 계곡에 물이 불어나 올라갈 수도 내려갈 수도 없었다. 또다시 물이 빠지기를 기다려야 했다. 설악산 주유 산행은 포기했다. 또 비가 주룩주룩 내리기 시작했다. 수렴동 산장에서 주차장까지 비를 맞으며 몇 시간을 걸었지만 조금도 짜증이 나지 않았다. 2박 3일의 폭우로 갇힌 비상 사태에서 뭔가 큰 것을 얻었다는 느낌이 들었다.

장기간의 무리한 등산에서 오른쪽 무릎 관절이 훼손되었다. 산에 오른다는 것 자체는 즐거움이 따르는 노동 행위이고, 노동 행위에는 어느 정도 스트레스가 뒤따르게 마련이다.

산을 오르는 데 있어서는 산이 주류이고 주인이다. 그런 자각 속에서 그저 산의 너그러운 품 안에 안기는 것이 내가 산을 오르는 이유이고 산을 즐기는 방법이다. 그리고 산의 품에 안기기 위해서는 혼자 아니면 둘이서 올라야 한다.

고독스럽게 걸려 있는 이 새집에도 산새는 해마다 찾아와 둥지를 틀고 알을 품고 새끼들을 키운다. 어느 날 새끼들이 다 자라면 미련 없이 둥지를 떠나 그들만의 세계로 날아간다.

우리 부부가
시골생활에서 좋아하는 것

우리는 계곡과 오솔길을 따라 이른 아침과 저녁에 조용히 산책하는 것을 좋아한다. 한여름에 폭우가 쏟아질 때면 계곡에 넘치는 물 구경을 하러 나서고 한겨울에는 밤새 내린 눈 위를 걸어 본다.

우리는 손수 집을 칠하고 손보는 것을 좋아한다.

우리는 찾아온 손님을 즐겁게 대접하며 나누는 대화를 즐긴다.

우리는 세겹살을 안주 삼아 소주를 즐겁게 마시며, 초저녁에 데크에 나와 앉아 양주 한잔 마시는 것을 좋아한다.

우리는 새집 짓기를 즐기며, 벤치와 의자 만드는 것을 좋아한다.

우리는 춥고 긴 겨울밤과 무더운 한여름에 책 읽기를 즐기며 딱딱한 책과 추리 소설에 흠뻑 빠지기도 한다.

우리는 음반 한 장 걸어 놓고 삼매경에 빠져 음악의 나라를 산책하길 좋아한다.

우리는 한 수 한 수 정성을 들여 자수 놓는 것을 좋아한다.

우리는 새를 관찰하고 새에게 먹이를 주는 것을 좋아한다.

우리는 장이 설 때마다 장날 풍경을 즐기고 아주머니들과 수다를 떨며 쇼핑하는 것을 좋아한다.

우리는 더덕과 늦봄에 나온 두릅을 채취하고 그 싱싱한 맛을 즐기며, 철따라 나오는 나물을 즐겨 먹는다.

우리는 그림 그리기를 즐기며 새로운 새집의 디자인을 즐겨 구상한다.

우리는 스쿠터나 자전거를 타고 시골 마을을 돌아다니길 좋아한다.

우리는 당일치기로 강원도의 산과 계곡, 바다를 즐겨 찾아나선다.

우리는 막국수와 돼지고기 수육을 즐겨 먹으며 손으로 만든 시골 두부를 좋아한다.

우리는 야생화를 가꾸기 좋아하며 야생화 전문 식물원을 자주 찾아가 철따라 피는 야생화를 감상한다.

우리는 과실주를 즐겨 담그며 찾아온 친구들과 함께 그 맛을 즐겁게 음미한다.

우리는 때때로 전자 오르간을 치며 생음악의 세계에 빠져드는 것을 좋아한다.

우리는 이른 아침의 첫 커피 맛을 좋아한다.

우리는 서울 가는 것을 좋아한다.

우리는 아무 생각 없이 데크에 나와 앉아 저녁 노을을 바라보는 것을 좋아하며 미래의 작업장, 새집 전시장에 대한 막연한 꿈꾸기를 좋아한다.

도시인과
시골주민의 조화

"과거를 묻고 사니, 과거를 묻지 마세요." 도 달라져야 한다.

우리가 한참 등산과 캠핑 여행을 다닐 때 서울을 벗어나서 지방에 가면 상당히 조심스럽게 행동했다. 승용차를 타고 마을 안을 들어가 보면 그때만 해도 20여 년 전이니까 마을 사람들의 시선이 그리 곱지만은 않았다. 그리고 민박이라는 개념도 별로 없었을 때였으니까. 예쁘게만 보이면 하룻밤은 그냥 공짜로 재워 주고 아침밥까지 주며 사례금은 절대로 받지 않았다.

세 식구가 같이 다니다 보니 농가 마당 한 귀퉁이에서 하룻밤 캠핑을 한 적도 있고, 마을 뒷산 양지 바른 둔덕에 텐트를 치고 이틀 밤을 잔 적도 있었다. 물론 동네 노인네들에게 막걸리나 소주를 사서 대접하면서 비위를 맞추기도 했지만. 텐트를 치고, 밥을 해먹으며 돌아다니는 게 좋아서 한다고 하면 시골 사람들은 왜 자기 집 놔두고 고생하느냐며 이해가 잘 안 된다는 듯이 묻곤 했다.

우리가 이 흥정계곡 농원 안에 자리잡고 나서 동네 사람들의 심한 텃세에 직접 시달린 적은 없었다. 그 대신 농원 자체가 몇 명 되지도 않는 계곡 주민들과 면 주민들의 목표가 되었던 것 같다. 처음에는 우리가 농원 주인 부부네와 함께 이 농원을 같이하는 것으로 알려진 듯했으나 시간이 흐르면서 동업 관계가 아니라는 것이 알려지자 농원 주인과는 다른 대접을 받게 되었다. 산악자전거를 타고 돌아 다니며 개 데리고 계곡 산책을 하고 아무 소득 없는 생활을 하며 살아가니까 텃세를 부릴 꼬투리도 없었기 때문이 아니었나 하는 생각이 든다.

농원이 조금씩 자리를 잡고 밖으로 알려지기 시작하자 주민들의 감시가 심해지고 사사건건 농원 측에 시비를 걸기 시작했다. 지금이야 자기 땅에 있는 나무를 베어 버리든 창고를 짓든 비가 많이 오는 날 슬그머니 쓰레기를 계곡물에 떠내려 보내든 지나칠 정도로 상관을 하지 않지만 말이다.

물론 필요에 의해서 꼭 베어야 할 나무 몇 그루를 베어 내는 것이지만 그러고 나면 곧바로 면이나 군청에 신고가 들어가 농원 주인은 불법 벌채로 수시로 불려다녀야 했다. 정화조의 오수를 몰래 채취해서 검사를 하고 고발까지 했던 것 같다. 집을 지을 때도 이런 저런 트집을 잡아 준공 검사를 지연시키기도 하는 등 다분히 감정적으로 텃세를 부리기도 했다.

요즘 농원이 커지고 번창함에 따라 주민들의 텃세는 경제력이 바로 친화력이라는 그늘 아래로 숨어 버린 듯하다. 다만 한 동네 주민으로 마음속에서 우러나오는 받아 주기는 아직도 먼 듯하다.

7, 8년 전에 처와 함께 배낭을 메고 3주간 영국을 돌아다닌 적이 있다. 브리티시 레일패스(영국 철도패스로 유레일패스와 같은 외국인을 위한 저렴한 철도 여행 패스)로 런던에서 출발해서 북쪽으로 8자 형의 코스를 따라 마음 내키는 대로 2주간 내에 기차를 타고 다니는 여행이었다. 런던에서 고도 에든버러를 왕복으로 다녀와

도 본전을 뽑을 만큼 값이 무척 저렴했다. 요크를 지나 에든버러에서 3일간 묵기도 하면서 그 유명한 에든버러 성도 구경하고 다시 북쪽으로 올라가 네스 호수도 구경했다. 스코틀랜드 지방의 황량한 경치가 변화무쌍한 날씨와 함께 우리의 마음을 사로잡았던 여행이었다.

영국은 국명을 United Kingdom of Great Britain and Northern Ireland라고 표시한다. 번역하면 대브리튼과 북부 아일랜드 연합 왕국이 된다. 흔히들 영국을 잉글랜드라고 부르지만, 잉글랜드는 사실상 그레이트 브리튼Great Britain 즉 스코틀랜드와 웨일즈가 함께 이를 구성하고 있는 일부 지역일 뿐이다.

우리는 도시건 작은 소읍이건 어디에나 있는 B&B(Bed & Breakfast 아침 식사를 주는 일종의 민박집)에서 숙박했다. 에든버러의 한 B&B에 묵을 때였다. 영국식 아침 식사는 워낙 푸짐하기로 유명해서 우리는 방을 잡은 후 주인에게 아무 생각 없이 영국식 아침 식사가 되냐고 물어 보았다. 그런데 주인은 무뚝뚝한 표정을 지으며 대답을 하지 않았다. 잠시 후에야 그는 웃으면서 스코틀랜드식 아침 식사는 있지만 영국식 아침 식사는 없다고 말했다. 그제야 우리는 깨달았다. 그곳은 스코틀랜드였다. 그것도 그 나라의 수도 에든버러에서 스코틀랜드식 아침 식사를 찾지 않았으니.

스코틀랜드는 영국 법에 따라 또 국민 투표에 의해서 영국이라는 국가 안에 존재하는 하나의 독립국이다. 월드컵 축구 예선에도 스코틀랜드는 한 국가처럼 참가하고 있고, 더군다나 재미있는 것은 스코틀랜드 국립은행에서 독자적으로 화폐를 발행해서 쓰고 있다. 가게에서 쇼핑을 할 때 영국 파운드화를 내면 거스름돈은 꼭 자기네 화폐로 준다.

스코틀랜드나 웨일즈가 독립적인 왕국이었다가 잉글랜드의 힘이 강해져 모두 여기에 합병되었으니 역사적으로 보아도 이유는 있다. 스코틀랜드나 웨일즈 사람들은 소탈하고 아주 친절하다.

영국은 남·북한을 합친 것보다 조금 넓은 25만km² 쯤 되고 인구도 비슷하다. 그런데도 잉글랜드, 스코틀랜드, 웨일즈 지방 사람들은 서로 헐뜯고 비방한다. 특히 스코틀랜드나 웨일즈 사람들이 잉글랜드 사람을 욕해 대는 것을 보면 우리로서는 이해하기 힘든 면이 있다. 때로는 철천지원수처럼 비방하면서도 개인 대 개인의 문제로까지 확대하지 않고 거기서 그친다. 또 속으로는 쓰라리면서도 한 단계 높여 공생의 길을 자연스럽게 찾아가는 것을 보면 쉽게 따라갈 수 없는 고도의 문화적 세련미가 엿보인다.

지방마다 고을마다 지방색이 있게 마련이다. 서로 헐뜯고 비방하는 것은 어떤 면에서는 자연스러운 현상이지만, 생활 속에서 나오는 농담이라든가 해학, 하나의 애교로서 성숙시켜야 한다는 생각이 든 영국 여행이었다.

우리가 시골로 내려오기 전에 참고 삼아 읽어 본 귀농 관련 책에서는 한결같이 시골 주민들과 조화를 잘 이루는 것이 중요하다고 역설해 놓았다. 로마에 가면 로마식을 따라야 한다는 마음가짐으로 과거에 어떤 생활을 해왔는지 내세우지 말라고 했다. 말하자면 과거를 묻어 버리고 감추고 살라는 뜻이었다.

도시와 시골과의 교류는 몇 년 전부터 붐을 이루었던 펜션이 주도했다. 시골 원주민의 애교스러운 텃세라는 것도 펜션 붐에 이제는 표면적으로는 사라진 듯이 보인다. 우리 부부처럼 시골 사는 것 자체를 목적으로, 펜션 사업도 하지 않고 그저 새집을 지으면서 시골 정취에 파묻혀 살겠다는 이들은 아직까지 많지 않으니 시골 주민과의 마찰은 거의 없으리란 생각이 든다.

앞으로 한국인의 수명은 여든 살이 넘을 것으로 보인다. 따라서 은퇴 후 적어도 20~30년의 노년의 생활을 해야 하기 때문에 도시에서 시골로 내려오는 사람들이 점차 많아질 것 같다. 여기서 난 도시인이 시골로 내려가 농장을 꾸린다거나 펜션 사업 등 대규모 수익 사업을 하는 경우를 염두에 둔 것은 아니라는 점을 분명히 밝혀 둔다.

시골 사람들은 도시인들이 생각하는 것보다 개인의 이해 관계에 무척 민감하다. 과거 그들이 살아온 방식을 고려해 보면 늘 당하기만 했다는 생각이 뿌리 박혀 있는 듯하다. 따라서 경제적인 이해 관계 없이 사는 것이 시골 사람들과 가까워지는 첫 지름길이다. 또 시골에는 외부인의 이입을 꺼려하는 폐쇄적이고 보수적인 사고방식도 여전히 남아 있다.

도시인은 시골의 주인은 시골 주민이라는 넓은 생각을 갖고, 시골 주민은 도시민의 이주를 너그러운 마음으로 환영해 주는 등 서로 폐쇄적인 사고방식을 바꾸도록 노력해야 한다. 또 이해 관계가 첨예하게 대립하면 서로 조금씩 손해를 보더라도 이해를 절충하는 경제적 사고도 가져야 한다. 도시인은 시골에서는 주로 농사 짓고 살기 때문에 땅이 전부라는 것, 그래서 시골 사람은 도시인보다 부동산에 대해서 훨씬 더 민감하다는 점을 이해해야 한다. 건전한 상식을 토대로 충돌을 피해 간다면 시골 생활은 한결 더 즐거울 수 있을 것이다.

시골에 정주하는 도시인은 손님으로서 이방인으로서 처음 시골 생활을 시작한다는 생각을 가질 필요가 있다. 사회 경험을 살려 있는 그대로의 모습을 갖되 조금은 자세를 낮추고 살면 된다는 생각이다. 누차 강조하지만 시골은 공간적으로는 넓은 곳이지만 시청각적으로는 아주 좁은 곳이다. 그래서 새로 들어온 이웃집 식구가 어떤 사람인지는 숨기려 해봐야 숨길 수 없는 곳이 시골이다.

아직까지 시골에서는 환경 문제보다 개인의 이해 관계가 훨씬 앞선다. 깨끗한 물, 공기, 땅의 보존도 의식 있는 이들이 시골로 많이 내려와 함께 살면서 점차 해결해 나갈 수 있으리라 본다. 도시에서 내려온 사람과 시골 주민이 힘을 합치면 언젠가 생활에서 꼭 필요한 문화 생활의 구심점을 마련할 수 있고, 각 분야에 걸친 소위 문화 센터를 구축할 수 있으리란 생각도 든다.

시골 생활은 정부나 지방 자치단체가 나서 대단위 실버타운을 만들고 문화 마을을 조성한다고 해서 될 일이 아니다. 이들이 관여하면 자연을 엄청나게 훼손시키고 부동산 투기만을 조장할 뿐이다. 그렇게 해서 지금까지 성공한 사례가 단 한 건이라도 있는지 묻고 싶다.

마이너리티임을 자각하는 도시인들이 시골에 내려와 시골 사람들과 함께 어울리며 공동의 삶을 조심스럽게 구축해 나가는 것이 바로 시골 생활의 척도라고 굳게 믿는다.

시골에서 살려는
사람들에게

시골 생활과 전원 생활

전원 생활은 도시에서 떨어진 시골에서 생활하는 것을 뜻하며, 시골이란 지방을 일컫는 말로써 도시에서 멀리 떨어져 있는 곳이나 마음을 지칭하며 이런 곳에서 사는 것을 시골 생활이라고 한다. 따라서 시골 생활과 전원 생활은 같은 뜻을 가진 말이지만 사람마다 받아들이는 느낌에는 커다란 차이가 있는 듯하다.

몇 달 전 전원주택과 그 생활을 다루는 어느 잡지의 기자와 인터뷰를 했다. 난 그 기자에게 왜 시골에 가서 사는 것을 꼭 전원 생활이라고 고집 부리는 이유가 무엇이냐고 물었다. 그리고 덧붙여 전원 생활과 시골 생활 사이에 어떤 다른 점이 있느냐고 물어 보았다. 기자는 심각한 표정으로 전원 생활을 시골 생활이라고 부르면 대부분의 사람들이 좋아하지 않기 때문이라고 했다. 똑같은 말인데 시골이라고 하면 어딘가 촌스럽고 시대에 뒤떨어지고 잘 살지 못했던 과거의 어두운 시절을 떠올리게 하고 낭만적인 의미가 없어 보이는 모양이었다.

우리는 시골이란 단어에서 동구 밖의 오래된 느티나무, 과수원과 원두막, 외갓집 할아버지와 할머니를 떠올리고 촌스럽고 소박하고 따뜻한 생각에 가슴이 뭉클해지는 감동을 받는다. 하나의 어구, 단어가 시대를 반영하는 거울이지만, 우리는 그래도 시골 혹은 시골 생활이라는 표현을 좋아하고 이를 즐겨 쓴다.

시골 생활을 결정하기에 앞서

너무나도 당연한 얘기라 사람들은 잘 믿지 않는다. 우리 부부는 때때로 한 달에 두세 번씩 서울에 가서 친구들을 만나고 이런저런 모임에도 참석하고 꼭 참석해야 할 결혼식에 얼굴을 내밀기도 한다. 만나는 이들마다 안부를 묻고 반가워한다. 식사와 술자리로 이어지면 다들 환갑을 넘긴 나이라 무엇을 하며 소일하는지 서로 궁금해한다.

최근에 갔다온 해외여행 얘기, 바둑 두는 얘기, 당구 치는 얘기를 하다가 내게 묻기 시작한다. 시골 생활을 어떻게 하며 지내느냐는 것이다. 그럼 난 우리 집에 찾아오는 박새, 곤줄박이, 딱따구리와 즐겁게 지낸다고 대답한다. 호기심이 동하는 표정들이다. 다람쥐와도 놀고 새 먹이도 주고 새 먹이를 훔쳐가는 청설모란 놈을 쫓기도 바쁘다고 얘기해 준다. 1년 열두 달을 그렇게 지낼 수만은 없지 않느냐는 물음이 뒤따른다. 그럼 또 난 시골 생활에서 하는 모든 것, 가령 술 담그기, 데크에서 고기 구워 먹기, 산악자전거 타기, 목수 노릇하기 등을 말해 준다.

술자리는 무르익고 그들의 관심도 높아져 간다. 화성에서 온 외계인을 보는 듯한 표정에 나도 점점 열 받기 시작한다. 시골도 사람 사는 곳이고 도시보다 훨씬 살기 쉬운 곳이라고 침을 튀겨 가며 당연한 얘기를 부연 설명한다. 시골에도 여기와 똑같이 긴 장마비도 내리며 때때로 폭우가 쏟아져 계곡이 넘친다고. 시도 때도

시골 생활의 즐거움은 시간에 쫓기지 않는 것. 오늘 못하면 내일 하고 마냥 늦장을 부리는 특권을 누려 보기도 한다.

없이 강한 바람이 불기도 하며 한겨울에는 눈이 많이 내려 온 세상을 하얗게 덮는다고. 도시와 똑같이 사계절이 오가지만 다채로운 계절의 변화를 민감하게 느끼며 사는 곳이 시골이라고 말한다.

또 사람들은 시골은 여름에는 시원하고 겨울은 무척 춥다고 생각하는 것 같은데, 시골도 한여름에는 덥고 봄과 가을에는 시원하며 겨울은 똑같이 춥다는 사실을 잊지 말라고 했다. 너무나 당연한 내 말에 모두들 당황스런 모양이었다. 술도 어지간히 마셨으니 질문도 그렇고 또 내 시골 생활론도 궤변같이 들릴 수도 있었다.

마지막으로 늘 나오는 물음 역시 빠지지 않았다. 어떻게 시골로 내려가 살 생각을 했느냐는 것이다. 이런 질문에는 총알같이 답을 준다. 발상의 전환 덕분이라고. 자기가 사는 모습을 다시 한 번 진지하게 생각해 보고, 생각을 조금만 바꾸면 아주 쉬운 일이라고 말한다. '지금까지 살아온 도시인으로서의 삶이 과연 진정 사람답게 산 삶이었는가.' 라는 어렵고도 철학적인 명제를 내세울 필요도 없고, 그저 진지하게 생각을 한번 바꾸어 보면 쉽게 답이 나온다고 결론을 지었다.

이제는 깊은 산골 마을에도 전화가 들어오고 휴대전화도 팡팡 터진다. 광케이블이 곳곳에 깔려 인터넷도 쉽게 이용할 수 있다. 오지라고 생각할 수밖에 없는 깊은 산중의 오두막집에서도 위성 방송을 즐길 수 있는 시대가 되었다. 자동차가 다닐 수 없을 정도로 좁은 길이라도 택배 회사 차량이 특송을 해주고 있다. 시골 생활도 온갖 문명의 이기를 사용하면서 세상을 즐기며 살 수 있게 해준다.

그러나 도시에 살다 시골로 내려오면 쉽게 없어지지 않는 것도 많다. 바로 무대에서 사라져 간다는 느낌을 지울 수가 없다. 연극의 주연 배우에서 조연으로 내려앉고, 어느 날 갑자기 1분짜리 단역에서마저 빠진다는 생각이 들게 된다. 보통 사람들은 원래 이기적이고 자기 중심적이며 온 우주의 중심이 자기로부터 시작된다는 생각을 갖고 살아가게 마련이다.

『악마의 사전』을 쓴 미국의 A. 비어스는 "인간이란 자기 마음속에서 그리는 자신의 모습에 대하여 저 홀로 황홀하게 도취하기 때문에 실제로 있는 그대로의 제 자신의 모습은 보지 못하는 동물"이라고 꼬집고 있다. 도시라는 큰 무대에서 맹렬하게 활동하던 자신의 존재가 사실은 도시에서도 이미 다수에 묻힌 초라한 존재로 조금씩 사라져 가고 있는 것이 현실인데도 꼭 시골에서 살기 때문에 묻혀 버리는 게 아닐까 하고 시골의 일상을 걱정하게 된다.

커다란 허구였던 공연 무대에서 사라진다는 생각이 들면 스스로 무대를 마련하면 된다. 스스로가 품 넓은 자연을 배경 삼아 시골이라는 아담하고 알찬 무대를 만들고 그 무대의 주연이 되는 것이다.

시골에 들어와 살아 보니 우선 도시에 사는 친구들로부터 연락이 뚝 끊어졌다. 휴대전화도 있고 전화도 있는데 달나라에 간 사람처럼 웬만하면 연락을 취하지 않았다. 나 같으면 시골에 들어간 친구가 어떻게 살고 있는지 궁금해서라도 가끔씩은 소식을 주고받을 것 같은데, 현실에서는 전혀 그렇게 돌아가지 않았다. 폭우가 쏟아졌다든지 폭설이 내렸다든지 하면 걱정스러워서 또 낯선 환경에 적응하느라 고생은 얼마나 하는지…….

백수건달들이 너무 노는 데 열중해서 몸살을 앓는 행복한 모습도 있다는데 나는 별로 개의치 않았다. 우선 할 일이 너무 많았다. 그런데 처는 나처럼 생각하는 것 같지 않았다. 새로운 음악회도 열리고 갤러리에 가서 그림 감상도 하고 점심 모임에도 참석하는데 자기는 빼고 끼리끼리만 연락을 취해서 즐긴다고 화를 내기도 했다. 매번 시골에서 빠져나올 수 없으니 연락을 안 하는 것이 당연한 것 아니겠느냐고 위로해 주지만 봉평댁이 된 지금도 섭섭한 마음이 이따금씩 드는 것은 어쩔 수 없는 모양이었다.

계모임에서 빠지고 식사 모임, 음악회와 연극 구경에서 빠지는 것은 시골 생활에서 어느 정도 감내해야 하는 희생이라면 희생일 수도 있다. 그건 도시의 일상에서 벗어나 시골이라는 무대에서 주연 배우 노릇을 하는 사람에게는 하찮은 일이 아닌가 하는 느낌이 들기도 한다.

컴퓨터와 통신기기 그리고 교통기관이 발전을 거듭함에 따라 21세기에는 유목민의 시대가 열린다고 어느 프랑스 학자가 쓴 책을 읽은 적이 있다. 휴대용 인공위성 안테나와 휴대전화 그리고 소형의 최신 컴퓨터 한 대면 인공위성을 이용해서, 혹은 최첨단의 빠른 교통수단을 사용해서 자기가 살고 싶은 곳에서 유목민처럼 자유롭게 살아갈 수 있고, 세계 어느 곳을 돌아다니든 간편한 첨단기기와 시설을 이용해 사업도 왕성하게 할 수 있다는 얘기였다. 말하자면 공간적으로나 시간적으로 제약이 될 것이 아무것도 없으리라는 주장이었다.

나도 큰 흥미를 가졌다. 도시나 시골에 정착하지 않고 둥근 지구 어디나 여행하며 살 수 있으니 자유를 만끽하는 세상이 오겠구나 하는 생각이 들었다. 그래서 나는 한국에만 군이 살지 말고 모든 것을 정리해서 세계를 떠돌아다니며 사는 것은 어떨지 생각해 보기도 했다. 1년의 반은 캐나다의 밴쿠버에서 살고 그 다음 해의 반 년은 미국 어느 핸 지역에서 살고 그러다 영국, 아일랜드, 터키 등으로 옮겨다니며 자유롭게 살아가는 삶이, 이런 계획이 그리 허망한 꿈은 아니라는 생각이 들기도 했다.

요즘은 한국 사람들, 특히 은퇴를 하고 생활이 조금 여유 있는 이들은 동남아를 비롯해서 피지 등에 나가서 사는 경우가 꽤 많다. 한국에서 드는 생활비라면 이들 나라에서는 잘 사는 데 큰 지장이 없기 때문인 듯하다. 그런데 모르긴 해도 뚜렷한 삶의 목표 없이 그것도 한국과 다른 기후와 풍토, 문화 속에서 산다는 것은 참으로 어려운 일이라는 생각이 든다. 골프를 맘대로 칠 수 있고, 하녀를 몇 명씩 고용해서 집안일에서 자유롭고, 운전기사까지 두고 근사한 집에서 풍족하게 산다는 것만으로는 뭔가 부족하지 않나 하는 생각이 든다.

발상을 전환해서 어려운 결정을 내리고 시골에 정착한 이들도 많다. 고령화 시대를 앞두고, 또 물 맑고 공기 좋은 한적한 곳에서 펜션을 운영하며 생활하는 이들도 많다. 시골 생활의 붐은 펜션이 주도했기 때문이다.

시골에 내려와 어려운 살림살이 속에서 그림을 그리며 사는 화가들도 많다. 집 한쪽에 아담한 카페를 꾸려서 생계를 꾸려 가는 사람들도 보았다. 건강을 찾기 위해 시골로 온 사람도 많다. 야생화를 키우며 채소를 손수 가꾸고 글을 쓰면서 만족하게 살아가는 이들도 있다.

나처럼 목공 일을 하고 새집 짓는 목수라고 하면서 사는 것도 좋다. 최첨단 기기로 무장한 유목민의 생활을 하든, 이 나라 저 나라를 반 년씩 떠돌아다니며 살든, 한국의 산골짜기에서 수도승처럼 살든 무엇을 하며 어떻게 살아야 하겠다는 확고한 목표는 있어야 한다. 더구나 시골에서 살면 밝고 건강한 생활을 위해서도 자기 나름대로의 목표는 있어야 하지 않겠느냐는 생각이 든다.

우리 집 주위의 풍광도 마음에 들었다. 몇 그루의 오래된 나무가 우리 집을 감싸고 있었다. 아침마다 우리 부부는 부지런히 포장이 안 된 계곡 길을 따라 왕복 20리가 넘는 거리를 산책했다. 정말로 눈에 보이는 모든 것이 신비스러웠다. 한낮이면 인적이 없는 흥정계곡 물에 발을 담그고 물장난을 치며 노닥거렸다. 첫 번째 맞이한 겨울, 눈이 많이 내린 농원 안을 거닐었고 영하 20도 아래로 뚝 떨어지는 날씨에도 우리는 추운 줄을 모르고 돌아다녔다. 도시에서는 절대로 보고 느낄 수 없는 다채로운 풍경이 사계절 내내 계속되었다.

첫 사계절을 만끽하면서 우리의 생활은 자리를 잡았다. 흥분도 가라앉았고 주위를 냉정한 눈으로 보게 되었다. 두 번째로 맞이한 겨울은 우리에게 진짜 추운 겨울이 어떤 것인지 보여주었다. 눈이 덮이지 않은 들판과 농원 안의 정원은 정말

도시 생활에서는 꿈도 꿀 목공 작업을 맘껏 즐겨 보는 게 시골 생활이다. 머릿속의 아이디어를 정리하고 손으로 그리고 만드는 목공 작업, 그 중에서도 새집 짓기가 누구나 즐기며 할 수 있는 일이 아닌가 생각해 본다.

보기 싫은 모습이었다. 그제야 우리는 깨달았다. 그것도 2년 이상을 살아 보고 나서야 시골 생활이란 게 만만한 것이 아님을 알게 되었다.

특히 겨울은 춥고 길다. 눈이 덮어 주지 않은 시골의 산하는 황량하다 못해 어떤 때는 비참하게 느껴지기도 한다. 앞으로는 힘든 생활도 때때로 찾아올 것이란 예상도 해야 한다. 모두가 다 당연한 자연의 변화 속에서 생겨나는 것이었고 사실 또 우리가 시골 생활이라면 예상해 볼 수 있는 지당한 것들이었다.

시골 생활에서 가장 중요한 것

사람이 살아가는 데 있어 꼭 필요한 것은 건강과 경제력(돈) 그리고 일이다. 도시 생활을 하든 시골 생활을 하든 많고 적음의 차이는 있겠지만 이 세 가지 중에서 하나만이라도 빠진다면 삶은 어둡고 쓸쓸해지게 마련이다.

난치병이 있다거나 거동이 불편할 정도의 건강 상태라면 일상생활을 유지해 가는 데 제약이 많고 불편해진다. 보통의 건강을 유지하고 있으면 몸과 마음을 부지런히 놀려 시골 생활을 밝고 즐겁게 할 수 있고, 몸과 마음이 절로 튼튼해진다.

우리의 생활에서 돈처럼 끈질기게 따라붙는 것이 또 뭐가 있을까. 움직이면 돈이 들고 또 철따라 돈이 들어간다. 도만 닦는 깊은 산속 암자의 수도승도 돈 없이는 살 수 없고 도도 닦을 수 없다. 생활비가 뒷받침 되어야 시골 생활도 꾸려 갈 수 있다는 것은 아주 당연한 얘기다. 그러나 시골 생활에서는 절약해서 꾸려 간다면 생활비가 적게 든다는 상당히 큰 이점이 있다.

경제적인 이점 외에도 어느 정도 불편을 참고 받아들이면 어느 누구의 간섭도 받지 않고 도시 생활, 아니 지금까지 살아온 기나긴 세월 동안 하지 못했던 일들을 마음껏 할 수 있고 덤으로 깨끗한 공기와 물 그리고 깨끗한 땅이 베푸는 혜택을 누릴 수도 있다.

앞의 두 가지 사안이 충족되었더라도 마지막으로 '몰두할 수 있는 일'이 있느냐 없느냐가 시골 생활의 성공 여부를 결정하게 된다. 취미를 넘어서는 '몰두할 수 있는 일'은 도시에 살든 시골에 살든 외국에 살든 노년의 삶을 비참하고 불행하게 만들 수도 있고 행복하게 만들 수도 있는 가장 중요한 항목이라 생각한다. 이 일은 경제적으로 시골 생활에서 수익을 올릴 수 있느냐와는 관계가 없다. 오로지 자기만이 즐기고 몰두하면서 보람 있다고 하는 일일 뿐이다.

　　건강하고 경제적으로 넉넉하다고 해도 즐기며 하는 일이 없다면 시골 생활은 무미건조하고 견디기 힘든 나날의 연속일 뿐이다. 이 문제 때문에 시골 생활을 포기하고 도시로 다시 돌아간 사람이 가장 많은 듯하다.

　　전업 화가가 아니더라도 그림을 즐길 수 있고, 전문 음악가가 아니더라도 음악을 즐길 수 있다. 나날의 생활에서 얻는 소재를 사진을 찍어 남길 수도 있다. 가까운 곳에 있는 산을 자주 등산하며 호젓한 산행을 즐길 수도 있고, 자수를 놓으며 자기 나름대로 작품을 준비할 수도 있다. 앞마당에 각종 야생화를 심고 관찰하며 기록하고 글을 쓴다거나 목판화를 찍어 낼 수도 있다. 바둑 두기에 몰두하며 전자 오르간을 열심히 칠 수도 있으며 책 읽기에 몰두할 수도 있다. 채소를 키우고 조금 더 발전시켜 감당할 수 있는 범위 내에서 약간의 농사일에 전념할 수도 있다. 경제적 소득과는 대부분 무관한 일들이다. 즐기며 몰두하고 땀 흘려 일하는 즐거운 노동이라는 게 가장 중요하다.

　　영국의 처칠 수상은 전업 화가 못지않게 그림도 잘 그렸지만 글도 아주 잘 쓰고 책도 많이 읽었다. 그 바쁜 틈에도 런던에서 떨어진 곳에 있는 자기 영지에서 짬이 나는 대로 벽돌 쌓기에 심취하기도 했다. 무너진 헛간의 벽이나 담을 하루 종일 걸려 쌓고는 했다는데 한 번도 벽돌을 잘못 쌓아 무너진 적이 없었다고 한다. 그의 벽돌 쌓기 기술이 능숙해서 그런 것이 아니라 전문 벽돌공들이 처칠 수상이 시공한 것을 몰래 다시 고쳐 쌓았기 때문이었다고 한다. 그러니까 잘 쌓고 못 쌓고보다는 어떤 일에 몰두하고 땀 흘리는 게 중요하다는 의미라 생각한다.

몰두할 수 있는 일, 즐기며 할 수 있는 일은 생각 외로 많다. 목공 일을 조금 배워 집 부엌의 선반을 달아 주거나 간단한 책꽂이를 만들어 방 한구석에 설치할 수도 있고, 일이 조금 능숙해지면 베란다에 있는 대문을 수선한다거나 새로 만들어 달 수도 있다. 또 간단한 의자와 야외용 벤치를 만들어 쓸 수도 있다.

취미를 한발 뛰어넘는 이런 일들을 두 가지 이상 즐길 수 있다면 아주 이상적이지 않을까 생각한다. 봄부터 가을까지는 약간의 농사와 야생화를 키우고 긴 겨울 동안은 그림을 그리거나 글을 쓰고 책을 읽는다든지 작업실에서 목공 일에 전념하는 식이다. 그래야 시골 생활을 즐기며 지속할 수 있다.

땅 사고 집 짓기 전에 염두에 두어야 할 것

한국도 이제 다른 선진국과 마찬가지로 고령화 사회에 접어들었다. 영아 사망률을 빼고 계산한다면 한국인의 평균 수명은 이미 80세가 넘고, 몇 년 만 있으면 90세를 바라보게 된다고 한다.

나는 오래 사는 것에 대해서 꼭 반갑게는 생각하지 않는다. 의미 있는 노년 생활, 그것도 인격과 품위를 유지하면서 생활을 하기에는 너무나 열악한 환경과 조건이 우리 앞에 펼쳐져 있기 때문이고, 또 한편으로는 빠른 시간 내에 고령화 대비책이 나오리라고도 기대하지 않기 때문이다. 그래도 우리같이 나이 먹은 사람들은 어떻게든 노년의 생활을 즐기며 살아야 한다. 양로원이나 실버타운보다는 시골 생활이 더 의미 있는 하나의 대안이 아닐까 생각해 본다.

시골 생활의 의미는 무엇일까? 인생을 어느 정도 살아온 사람들에게 또 하나의 색깔을 풍부하게 입혀 주고 삶의 질을 한층 높여 주는 것이라고 생각한다. 그렇기에 우리가 이곳 산골 마을에 살면서 보고 느낀 것들을 몇 가지 적어 보려 한다.

첫째, 땅을 구입할 때 경제적 이득을 취한다는 생각은 버려야 한다. 땅을 갖고 있던 원주민이나 일찌감치 대량으로 땅을 사둔 사람들은 그 후 특히 펜션 붐이 불면서 땅값이 올랐을 때 처분해서 상당한 이득을 올렸다. 하지만 이들이 판 땅을 사거나 이 땅 위에 집을 짓고 사는 사람들이 땅을 투자 대상으로 삼아 이득을 챙기기는 힘들다. 땅값은 시간이 지나면 언젠가는 오르게 마련이지만, 자기가 시골 생활을 하면서 살 땅을 투자 대상으로 삼으면 실패하기가 쉽다.

둘째, 구입 자금이 조금 넉넉하다면 땅은 처음부터 좀 여유 있게 사두는 것이 경험상으로 봐도 좋다. 후일 땅을 팔아 차익을 크게 챙긴다는 의미가 아니다. 한 적했던 시골 동네에 집이 늘어나기 시작하면 사생활 보호를 위해서 조금 넉넉한 공간의 필요성을 절감하기 때문이다. 또 다른 중요한 이유는 시골 생활에서 꼭 해야 하는 즐기며 몰두할 수 있는 일을 위해 작업실과 전시실, 창고 등의 부속 건물이 꼭 필요해지기 때문이다. 여기에 필요한 땅은 처음부터 염두에 두어야 한다.

셋째, 시골에서 자기가 살고 있는 땅과 집은 팔려고 내놓으면 쉽게 팔리지 않고 또 제 값 받기도 대부분 힘들다는 사실을 염두에 두어야 한다. 따라서 지나친 욕심을 내서 땅과 집 짓기에 거금을 투자하지 말아야 한다. 장사가 잘 되는 펜션도 잘 팔리지 않으며, 사방에 널려 있는 것이 매물로 내놓은 펜션이란 이름의 집들이다. 땅의 위치가 좋고 거금을 들여 지은 집이라도 상대적으로 비싼 값을 받으려 하겠지만 아주 싼 값에 내놓지 않는 한 매매는 힘들다는 점을 명심해야 한다.

넷째, 자기가 좋아서 시골 생활을 시작하는 것이기에 땅 사고 집 짓는 것은 자기 당대로 그친다고 생각할 필요가 있다. 자기가 죽고 난 후의 일까지 생각하고 또 어떻게 될 것인가 애초부터 염두에 둘 필요가 없다는 얘기다. 생각해서 될 수 있는 일도 아니다.

요즘 들어서 펜션 붐도 꺼지고 시골 생활의 열기도 잠잠해졌다. 거품이 빠지고 매물로 내놓은 집도 상당히 많다. 마음에 드는 땅을 고르고 거기에다 자기가 살 집을 짓는다는 것은 그리 쉬운 일은 아니다. 어느 정도 목돈을 준비해 놓았다면 부지런히 돌아다니면서 매물로 나온 집을 곧바로 사는 것도 하나의 방법이 된다.

어떤 땅을 고를 것인가

요즘 시골 생활을 소개하는 책과 잡지는 서점에 가면 얼마든지 구할 수 있다. 물론 전원에서 살기, 전원주택 짓기 등 대부분 전원 생활이라는 표제를 달고 있고, 또 땅을 골라 주고 집까지 지어 주는 컨설팅 회사도 많이 생겨났다. 땅 구입에서부터 집 짓기까지 실무적인 세세한 절차를 안내해 주고 있어 몇 달간 이런 책과 잡지를 면면히 읽어 보면 대충의 윤곽을 그릴 수 있다. 단 잡지의 경우 사진이 많이 실려 있어 사람들의 충동을 자극하고 동화 속의 이야기 같은 과장된 기사에 언덕 위의 그림 같은 집을 많이 싣고 있다는 점을 유의해야 한다.

어디까지나 스스로 책과 잡지 혹은 사람들로부터 얻은 자료를 꼼꼼히 검토하면서 여러 번에 걸쳐 현장을 답사해야 한다. 특히 황량한 겨울철에 필히 현장 답사를 한 뒤에 결정해야 한다. 당연한 것을 자주 반복하지만 시골에서 살 사람은 자기 자신이라는 점을 잊지 말아야 한다.

여기서는 특히 터를 잡을 때 유의해야 할 점을 짚어 보겠다. 아는 만큼 보인다는 점도 기억해 두자.

우리 부부가 가끔 서울을 오갈 때 느끼는 것이지만, 서울을 떠나서 원주를 거쳐 영동 터널을 빠져 평창군에 들어서면 마시는 공기부터 확연히 다르다는 것을 느끼게 된다. 맑고 시원하고 아주 깨끗한 느낌이다.

한국인이 즐기는 평균적인 자동차 운전 시간은 두 시간 정도라고 한다. 그렇다면 수도권에 사는 사람들은 지도를 펴놓고 자기가 사는 곳을 중심으로 해서 자동차로 두 시간 남짓 되는 한 곳을 찍어 이것을 반지름 삼아 원을 그려 본다. 서쪽을 제외한 남·동·북쪽으로는 낯익은 지명이 눈에 들어오고, 아마도 대부분의 사람들은 원이 그려진 그 선을 넘나들며 시골 생활을 하고 싶은 지역을 고를 수 있다. 남한 땅은 좁지만 찾아나선다면 아직도 좋은 곳이 많다.

첫째로 거리상의 문제를 열거하는 것은 사람들이 심리적으로 느끼는 부담감 때문이다. 15킬로미터도 안 되는 서울 시내를 오갈 때 교통이 밀릴 때면 두세 시간씩 걸려도 사람들은 외로움을 느끼지 않는다. 그러나 시골에 둥지를 틀 집이 서울에서 세 시간이 넘는 곳에 있다고 하면 왠지 주위 사람들로부터 격리된 느낌을 받고 외롭다는 생각을 갖게 된다. 이런 곳이 아직도 있는지 궁금하지만 인적이 드문 깊은 산속에서 산에 미쳐 사는 은둔자의 삶이 시골 생활은 아니다. 가까운 친구도 찾아오고 또 자식들도 찾아와 하루나 이틀씩 묵고 놀다 가게 되는 것이 시골 생활의 즐거움 중 하나다. 나는 이것을 '심리적 마지노선'이라고 부르고 싶다.

두 번째로는 기후 조건을 염두에 두어야 한다. 풍광 좋고 수려한 산수가 있는 곳은 어김없이 겨울이 길고 춥다. 특히 눈이 많이 오는 지역일 수도 있다. 그리고 눈은 1월 말부터 3월 초순까지 많이 내린다. 눈을 치우는 것이 얼마나 힘든지는 시골에 살면서 경험해 봐야 안다.

세 번째는 보안상의 문제다. 안전하다는 느낌을 가지려면 영동 고속도로를 기준으로 할 경우 적어도 원주 톨게이트는 지나야 한다고 생각한다. 또 이 문제는 산수의 수려함과 관계가 깊다. 유명 스키장이나 관광지 또는 펜션이 밀집해 있는 지역과 너무 가까운 곳은 피하는 것이 좋다. 사람의 왕래가 빈번한 지역은 한적함도 깨뜨리지만 험악한 일이 발생할 가능성이 높다. 우리는 8년이 넘게 이 홍정계곡에 살았지만 문을 열어 놓고 살아도 도둑을 맞거나 물건이 없어진 적은 한 번도 없었다. 농원 한 귀퉁이의 둥지라는 점은 있었지만, 처음 몇 달간 우리는 칠흑 같은 밤과 귀를 먹먹하게 하는 계곡물 소리, 마치 울부짖는 듯이 맹렬하게 부는 바람소리가 오히려 더 무서웠다.

이제는 좀 더 구체적으로 들어가 보자.

먼저 계곡이나 냇가에 너무 가깝게 붙은 낮은 땅은 피하는 것이 좋다. 우리나라 사람들은 유난스럽게 계곡이나 냇가에 붙은 땅을 선호하는데, 최근 지구 온난화와 함께 찾아오는 기상 이변으로 인해 봄부터 가을까지는 물론이고 겨울철에도 심한 폭우가 쏟아진다는 점을 명심해야 한다. 산골 마을에서는 집 주위에 배수로를 아무리 잘 냈다 하더라도 한두 시간만 폭우가 쏟아져도 계곡과 냇물이 넘쳐 엄청난 피해를 입게 된다. 그저 집 가까이에 계곡이나 냇가가 있으면 그것으로 족하지 않을까 싶다.

그리고 경사가 급하지 않은 가급적 평평한 곳이 좋다. 경사가 급한 땅은 자연 재해에 취약한 점이 있고 땅의 활용도 면에서도 약하다. 또한 터를 닦는 데 많은 비용이 든다. 양지 바른 땅을 고른다. 남향이나 동남향의 땅을 고르겠지만, 바로 앞에 구입하려는 땅보다 훨씬 높은 야산이 있거나 높은 산이 남쪽을 가로막고 있다면 아무리 남향 땅이라도 문제가 생긴다. 수만 평, 수천 평의 넓은 땅이라면 모를까 2, 3백 평 되는 작은 땅은 대부분 남쪽이나 동쪽의 상황이 어떤지 유심히 살펴봐야 한다. 야산이나 높은 산과는 답답하지 않을 정도로 거리를 두고 있어야 한다.

시골 동네와 좀 떨어진 땅이 좋다. 너무 떨어져 있어도 무서움과 외로움을 느끼겠지만, 마을 안에 있거나 마을과 너무 가깝게 붙어 있으면 여러 모로 문제가 생길 수 있다. 함께 살 이웃이 누구인가는 무척 중요한 사항이다.

앞에 열거한 사항들이 어느 정도 충족되었다면 다시 한 번 따져 볼 것이 있다. 내가 사려고 하는 땅이 국도나 고속도로에 쉽게 연결되느냐 하는 점이다. 마음에 드는 수려한 풍광을 가진 땅은 대부분 지방도로나 국도와 접근성이 떨어진다. 이들 도로와 너무 가까우면 한적함이 무너지고, 또 접근하는 데 너무 시간이 걸리면 생활이 불편해진다.

앞의 조건들을 완벽하게 갖추었다고 해도 또 하나의 중대한 문제가 남아 있다. 시골 생활에서 함께 사는 이웃이 누구인가라는 문제이다. 나는 이 항목이 가장 쉬운 동시에 가장 해결하기 힘든 거라고 생각한다.

시골에서 사는 지인이 내게 해준 얘기다. 머리를 맞대고 함께 살 가구는 딱 하나여야 한다고 했다. 이 한 집하고도 살다 보면 계속 갈등이 생겨 서로 이해하고 조정하는 데 상당한 노력이 필요하다고 하면서, 중이 절이 싫으면 떠나가듯이 이웃과의 삶이 원만하지 못하면 결국 자기가 떠나게 된다고 힘주어 강조했다.

명당이라고 고른 산소 자리에 물이 안 나오는 곳은 없다고 한다. 충분 조건을 갖춘 완벽한 자리는 찾기가 그리 쉬운 일이 아니다. 시골 생활은 맑고 깨끗한 공기와 물 그리고 오염되지 않은 청정한 땅이 기본이니 한두 가지의 결점은 그리 큰 문제가 되지 않는다. 정을 붙이고 모자람을 어느 정도 감수하면서 자기가 좋아하는 일을 열심히 하고 사는 게 이상적인 시골 생활이 아닌가 한다.

집 짓기

전에 건축가 친구가 내게 해준 말이 있다. 집이란 사람들이 그 집을 어떻게 생각하느냐 하는 개념에서 오는 것이라고 했다. 내가 다시 넓은 곳으로 이사가서 집을 짓는다면 설계를 해줄 테니까 우선 적당한 땅부터 물색해 두라고 하면서 한 말이다.

사람마다 취향이 다르니 벽돌집이든 한옥이든 시멘트 조적조의 건물이든 향토색 짙은 흙집이든 미국식 목조 주택이든 핀란드식 조립 주택이든 어떤 집을 짓든 꼭 한 가지만을 좋은 집이라고 집어 내기는 힘들다. 나는 핀란드식 조립주택을 좋아한다. 짓기에 따라 경제적으로 빠르고 저렴하게 지을 수 있고 또 단열과 보온이 우수하다는 점도 있지만, 무엇보다 내가 생각하는 집이란 개념, 즉 사람이 살아가는 데 꼭 필요하긴 하지만 결국 하나의 큰 도구에 지나지 않는다는 생각과 맞아떨어지기 때문이다.

한옥에 대한 깊은 지식은 없지만 원래 우리의 전통 한옥은 겨울철을 대비한 보온·단열과는 거리가 먼 집이 아닌가 생각한다. 요즘 유행하는 흙집이나 황토집도 추운 겨울이 오래 계속되는 시골 생활에서는 고유의 멋과 운치를 자아내 홀딱 빠져들게 만들지만 그만큼 비용도 만만치 않게 들어간다고 한다.

또 하나 집이라면 자주 떠오르는 생각이 있다. 커다란 집에 눌려 꼼짝 못하며 매달려 사는 사람들이 의외로 많다. 아무리 부동산 가치가 높다고 해도 집이란 삶의 터전이며 집의 주인은 사람이다. 집의 주인이 집에 짓눌려 살아간다는 것 역

시 집은 하나의 도구일 뿐이라는 내 생각과는 거리가 멀어도 한참 멀다.

본격적으로 집을 짓기 전에 주택 공사 현장이나 남이 지어 놓은 집을 많이 봐두면 여러모로 도움이 된다. 건축가와 자주 상의하되 어떤 형태의, 어떤 구조의 집을 좋아한다고 분명히 밝혀 두어야 한다. 물론 전문가와 함께 집 지을 땅을 여러 번 같이 가보는 것은 필수이다.

남에게 보여 주고 칭찬 받기 위해 짓는 집이 아니다. 자기가 살 집을 짓는 것이니만큼 집에 대한 확고한 개념을 갖고 시작해야 한다. 이에 앞서 몇 가지 유의해야 할 점이 있다.

첫째, 살림집은 가급적 작게 짓되 주위의 환경과 잘 어울리게 짓는다. 땅이 넓더라도 살림집의 크기에 집착하지 말자. 봄부터 늦가을까지는 대부분의 시간을 바깥에서 보내게 된다. 추운 겨울이나 비가 내릴 때 외에는 집 안에서 지내는 일은 별로 없다고 해도 과언이 아니다. 그림 같은 집은 많은 돈을 들여 고급스러운 자재를 써서 지었다고 해서 되는 게 아니다. 주위의 환경과 얼마나 잘 맞느냐에 따라 결정된다.

둘째, 편하고 살기 좋은 집은 싸게 지을 수 없다. 돈이 들어갈 만큼은 들어가야 여름에는 시원하고 겨울에는 따뜻한 집이 된다. 돈을 너무 적게 들이면 좋은 집은 나오지 않는다.

셋째, 아무리 작은 집을 짓더라도 잘 알고 있는 건축 전문가의 조언을 충분히 듣고 상의해야 하며 설계도를 꼭 만들어서 챙겨야 한다. 공사를 시작하기 전에 충분한 시간을 갖고, 몇 번을 수정하더라도 자기가 원하는 바를 모두 도면화시켜야 한다. 약식 도면만으로 지은 집은 꼭 말썽을 일으키게 돼 있다.

넷째, 작업실 · 창고 · 전시 공간 등 소위 부속 건물도 꼭 필요하다. 살림집에 이런 공간을 집어넣을 생각은 금물이다. 살림집과 똑같은 비용을 들여 한 지붕 아래 부속실과 같은 필요한 공간을 마련한다는 것은 한마디로 말해서 경제적 낭비다. 이런 건물은 살림집보다 훨씬 싸게 지을 수 있다.

우리의 시골 생활은 겨울철을 제외하고 집 밖에서 보내는 시간이 대부분이다. 나는 작업실에서 벤치 · 의자 · 선반 등의 목공 작업이나 새집을 만들며 데크에서 식사를 즐기는 일이 많다. 손님이 찾아오면 우리 집의 메인 데크에 파라솔을 펴놓고 세겹살을 구우며 소주잔을 기울이기도 한다.

더군다나 자수를 놓거나 그림을 그린다거나 전문적인 음악 감상을 하거나 책을 즐겨 읽는 등 몰두할 만한 일을 갖고 있는 경우에는 감상실이나 작은 도서실의 용도로 또는 자수나 그림을 전시할 전시실의 용도로서도 부속실은 필요하다. 나처럼 새집을 짓거나 다른 목공 일을 하기위해서는 널따란 작업실이 꼭 필요하고, 자재와 잡동사니를 넣어 둘 창고가 있어야 하며, 만들어 놓은 새집을 전시할 전시 공간이 필요하다. 특히 시골 생활에서 길고 추운 겨울 시기를 어떻게 효과적으로 잘 이용하느냐는 추위를 막아 주고 따뜻함을 제공하는 즉 부속 건물의 확보 여부에 달려 있다는 생각이 든다.

다섯째, 집 지을 땅이 어느 정도 경사가 있더라도 그 경사도를 이용해서 집을 짓는 것이 바람직하다. 수직으로 전개를 해서 높다란 옹벽을 치거나 축대를 쌓는 경우 비용도 많이 들지만 폭우가 쏟아질 경우 무너질 가능성이 있다. 특히 생태계의 파괴라는 면에서도 삼가야 할 일이며 주위의 환경과도 어울리지 않고 집의 모습을 보기 싫게 만들기도 한다. 땅의 경사도와 굴곡면을 활용해 전문 건축가와 상의해서 집을 지으면 상상 외로 아름다운 집이 된다.

여섯째, 필히 집의 방향은 남향이나 동남향이어야 한다. 여름에는 잘 못 느끼지만 겨울철이 되면 어마어마한 차이가 난다. 햇볕이 하루에 얼마만큼 비쳐드느냐에 따라 겨울을 춥게 지내느냐 따뜻하게 지내느냐가 결정된다. 무엇보다 난방비의 과다 문제와 직결된다.

일곱째, 집 현관에서 마당까지 경사가 약간 있더라도 절대로 계단을 만들지 않는다. 현관과 마당 사이에 흙을 자연스럽게 쌓아 올려 자동차가 현관문 앞까지 갈 수 있도록 해야 한다. 무거운 짐도 오르고 내려야 하지만, 겨울철에 눈이라도 오면 나이 든 사람들에게 몹시 위험하다. 또 계단을 오르내리는 것도 힘이 드는 일이다.

자기 손으로 직접 시공하든 건축업자를 시키든 하루의 작업이 끝나면 그날그날 현장을 정리해야 한다. 작은 일 같지만 매우 중요한 일이다. 이외에도 어떤 단열재를 쓰고 난방 보일러는 어떤 것이 좋고 지하수 문제는 어떻게 처리할지 등 아직 유의할 사항이 많지만 전문가와 상의하면 좋은 해답을 얻을 수 있으리라고 생각한다.

마지막으로 짚고 넘어가야 할 것이 있다. 바로 나무를 어떻게 할 것이냐 하는 점이다. 자기 땅에 있는 나무는 가급적 베어 내지 말고 집을 지어야 한다. 특히 임야를 대지로 바꾸어 집을 지을 때는 소나무건 잡목이건 베지 말고 이것을 이용해서 지어야 한다. 나무 한 그루를 베는 데는 30초도 안 걸리지만, 제 모습을 갖춘 나무로 자라려면 수십 년이 걸리기 때문이다. 특히 업자들은 나무가 없는 땅에 집을 짓는 것이 편하기 때문에 터를 닦을 때 아예 나무를 다 없애 버린다. 나무 한 그루 없는 시골집은 마냥 황량스러울 뿐이다.

또 하나, 터를 닦을 때부터 나무를 심어야 한다. 나무는 많을수록 좋다. 그렇다고 도시에 있는 저택처럼 고운 잔디를 깔고 비싼 바위를 갖다 놓고 손질이 잘된 정원수를 심으라는 얘기는 아니다. 자기가 살 고장 인근에서 잘 자란 나무, 그것도 좀 큰 나무를 여러 종류 골라 심어야 한다.

일본에서 수입해 온 낙엽송은 절대 집 근처에 심지 않도록 한다. 이 낙엽송은 활엽수처럼 늦가을에는 바늘 같은 잎이 다 떨어지는데 잘 썩지도 않으며 지붕에 떨어져 쌓이면 쓸어 내야 한다. 게다가 이것은 물받이 홈통을 막는 주범이기도 하다. 특히 유의할 점은 활엽수를 주로 심으면서 항상 푸른 침엽수도 적절하게 섞어 심어야 한다는 것이다.

시골에 사는
우리 부부의 소망

우리가 사는 시골집에 사람들이 참 많이 찾아왔다. 도시에 살던 사람들이 풍광 좋은 산골 동네에서 살아가는 우리의 모습을 접하게 되면 다 여유가 있어서 좋은 곳에다 별장 같은 집을 짓고 사는 것이 아니냐는 무언의 신호를 보내기도 한다. 또 이 책을 읽는 사람들 중에도 우리의 시골 생활이 돈이 넉넉하니까 다 가능한 게 아니냐고 생각하는 이들이 꽤 많으리라 본다.

우리는 지금까지 경제적으로 빠듯한 생활을 하면서 즐겁게 살고 있다. 우리 부부는 부모한테서 큰 재산을 물려받은 적도 없고 장사를 크게 해서 큰 재산을 만들어 보지도 못했다. 그렇다고 사회 생활을 하면서 뇌물 같은 것도 받아 본 적 없고 그 흔한 아파트와 땅 투기 한번 못했다. 나는 평생 동안 부동산 투기 한번 안 하고 산 것을 자랑스럽게 생각하기도 한다. 직장 생활을 하면서 저축을 하고, 수입이 있는 범위 내에서 생활을 꾸려 나갔다.

우리가 시골 생활을 시작할 때 처음부터 큰 땅을 살 생각은 하지도 않았다. 넓은 땅을 살 목돈도 없었지만 시골 생활은 어디까지나 우리 부부 당대에 그칠 일이라는 생각 때문이었다. 또 하나의 이유는 자식이 딸 하나뿐인 우리 부부는 잘 키우고 잘 교육시켜 딸애가 제 갈 길을 가면 부모로서의 일은 끝난 것이라고 생각했다. 혹여 쓰고도 남은 재산이 있다면 기증을 하는 것이 맞는다는 생각이 들었다. 나는 열심히 일하면 밥 먹고 사는 일은 해결되니까 자기 분수에 맞는 생활을 하면서 허황된 돈에 대한 꿈은 일찌감치 접어 둔 셈이라 할 수 있다.

배가 조금 고픈 듯하다 할 때 머리가 맑아지고 글도 잘 써지며, 목공 일도 잘 되고 좋은 생각도 떠오르고 일의 능률도 높아진다. 내 배가 조금 고픈 듯해야 주위 사람들에게 관심을 갖게 되고 나누고 베푼다는 생각을 하게 된다.

우리 부부의 시골 생활도 이렇게 배가 조금 고픈 듯한 상태에서 결정했다. 이제는 10년째 접어들고 보니 조금 여유 있고 한적한, 지금 살고 있는 곳보다는 넓은 땅으로 옮기고 싶다는 생각이 든다. 수려한 산세를 뽐내는 비싼 땅은 바라지 않고 그저 마을과 조금 떨어진 평평한 곳에 꽃과 나무를 심고 채소를 기를 수 있는 땅이면 족하다.

살림집은 조그맣게 짓고 처의 작품과 내 새집 작품을 보관하고 전시할 수 있는 조그마한 전시실과 음악 감상도 겸할 수 있는 작은 도서실을 수용할 만한 창고형의 큰 건물을 짓고 싶다. 대문 안으로 들어오면 나무가 많이 심어져 있고, 나무에는 새집이 걸려 있고 큰 창고형 건물의 한쪽 벽은 모두 새집으로 치장하고 싶다. 산새들이 마음 놓고 찾아올 수 있는 자그마한 세상을 꾸리고, 소규모의 새집 짓기 학교를 열어 새에 대한 관심을 높이고 새집을 열심히 보급하고 싶다.

갖고 있는 재산을 대물림하지 않고 당대에 다 쓰고 간다면 할 일도 많아지고 시골 생활이 더 쉽고 즐거워진다. 우리 부부는 지금도 어려운 노인들과 장애인

들을 위해 조금씩 도움을 주고 있지만, 조금 더 남에게 베풀 수 있는 여유 있는 삶

이 되기를 소망한다. 물질적인 것이든 정신적인 것이든 가리지 않고 우리가 갖고

있는 것 중에서 남에게 더 베풀 수 있는 방법이 무엇인지 열심히 궁리하며 더 열심

히 살아가려 한다.

'이대우가 만든 새집'

'이대우가 만든 새집'

첫 번째 전시회 전시 작품

2004.07.10 ~ 08.31 | 한국 자생 식물원

다양성의 세계 - 1

다양성의 세계 - 2

다양성의 세계 - 3

다양성의 세계 - 4

다양성의 세계 - 5

다양성의 세계 - 6

다양성의 세계 - 7

다양성의 세계 - 8

다양성의 세계 - 9

다양성의 세계 - 10

다양성의 세계 - 11

크리스마스

새들의 식당

새들의 이상 - 1

새들의 이상 - 2

새들의 이상 - 3

새들의 이상 - 4

고목이 있는 풍경 - 1

고목이 있는 풍경 - 2

고목이 있는 풍경 - 3

고목이 있는 풍경 - 4

우물가

바람과 함께 - 1

바람과 함께 - 2

바람과 함께 - 3

시골 생각

원두막 - 1

원두막 - 2

토담집	해변의 오두막	샬레 - 1	샬레 - 2
샬레 - 3	샬레 - 4	샬레 - 5	샬레 - 6
외갓집 - 1	외갓집 - 2	외갓집 - 3	구성(Composition) - 1
구성(Composition) - 2	구성(Composition) - 3	구성(Composition) - 4	구성(Composition) - 5

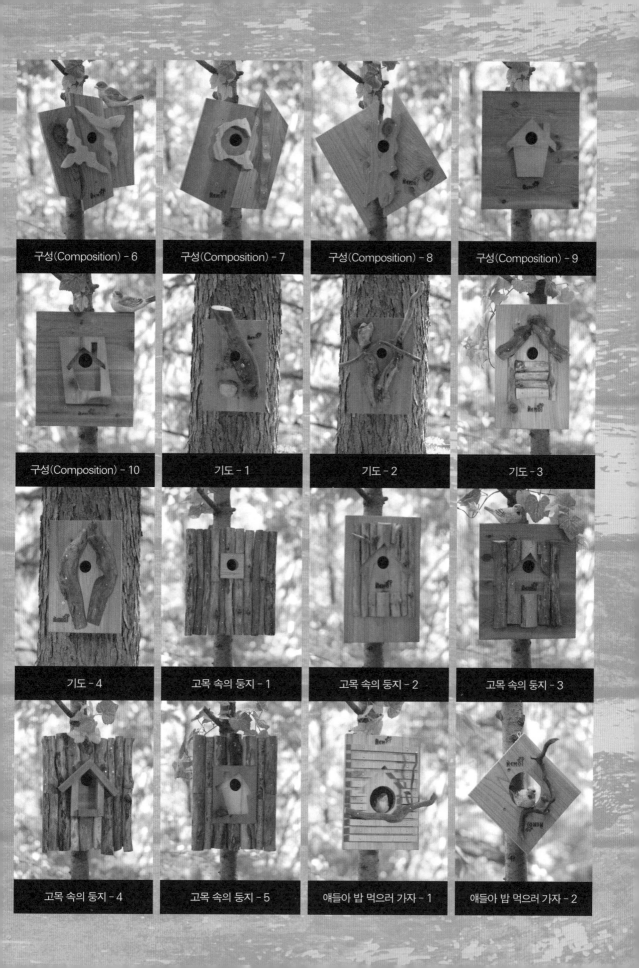

구성(Composition) – 6

구성(Composition) – 7

구성(Composition) – 8

구성(Composition) – 9

구성(Composition) – 10

기도 – 1

기도 – 2

기도 – 3

기도 – 4

고목 속의 둥지 – 1

고목 속의 둥지 – 2

고목 속의 둥지 – 3

고목 속의 둥지 – 4

고목 속의 둥지 – 5

얘들아 밥 먹으러 가자 – 1

얘들아 밥 먹으러 가자 – 2

얘들아 밥 먹으러 가자 - 3

고목을 주제로 한 구성 - 1

고목을 주제로 한 구성 - 2

고목을 주제로 한 구성 - 3

고목을 주제로 한 구성 - 4

고목을 주제로 한 구성 - 5

고목을 주제로 한 구성 - 6

고목을 주제로 한 구성 - 7

굴뚝에서 연기가 날까 - 1

굴뚝에서 연기가 날까 - 2

굴뚝에서 연기가 날까 - 3

굴뚝에서 연기가 날까 - 4

숲속의 정적 - 1

숲속의 정적 - 2

숲속의 정적 - 3

숲속의 정적 - 4

숲속의 정적 – 5

숲속의 정적 – 6

숲속의 정적 – 7

숲속의 정적 – 8

숲속의 정적 – 9

숲속의 정적 – 10

삶과 놀이 – 1

삶과 놀이 – 2

삶과 놀이 – 3

삶과 놀이 – 4

삶과 놀이 – 5

삶과 놀이 – 6

삶과 놀이 – 7

삶과 놀이 – 8

삶과 놀이 – 9

삶과 놀이 – 10

삶과 놀이 - 11

삶과 놀이 - 12

삶과 놀이 - 13

삶과 놀이 - 14

삶과 놀이 - 15

삶과 놀이 - 16

삶과 놀이 - 17

삶과 놀이 - 18

'이대우가 만든 새집'

두 번째 전시회 전시 예정 작품 중 일부

2006.07.01 ~ 08.31 | 한국 자생 식물원

성당 시리즈 - 1

성당 시리즈 - 2

크리스마스 트리

나무 시리즈 - 1

나무 시리즈 - 2

나무 시리즈 - 3

나무 시리즈 - 4

나무 시리즈 - 5

나무 시리즈 - 6

나무 시리즈 - 7

나무 시리즈 - 8

나무 시리즈 - 9

구성(Composition) – 1 　　구성(Composition) – 2 　　구성(Composition) – 3 　　구성(Composition) – 4

구성(Composition) – 5 　　구성(Composition) – 6 　　구성(Composition) – 7 　　구성(Composition) – 8

구성(Composition) – 9 　　주전자 시리즈 – 1 　　주전자 시리즈 – 2 　　방패연 시리즈 – 1

새들의 식당 – 1 　　새들의 식당 – 2 　　새들의 식당 – 3 　　새들의 식당 – 4

새들의 식당 - 5

새들의 꿈 - 1

새들의 꿈 - 2

새들의 꿈 - 3

새들의 꿈 - 4

새들의 꿈 - 5